紅衣小女孩

邱常婷◎著
駱修思◎繪

都市傳說紅衣小女孩，
是受盡世俗折磨，集結各種輕蔑眼光
與惡意言詞的脆弱心靈……

晨星出版

紅衣小女孩

第一章　神祕歌聲

「世上的命運哪有多不同，故事不斷傳唱，任愛恨隨時間流……」

夜裡，淒美哀婉的少女歌聲由遠至近，像一陣風吹過廢棄遊樂園的遊樂器材，引起金屬碰撞聲叮叮噹噹。歌聲起先模糊，但逐漸清晰，緩緩傳入睡在旋轉杯裡的某人耳中……

「吵死了！」蓬頭垢面、臉上還掛著兩條鼻涕的男孩猛然從旋轉杯中坐起身，大聲叫罵：「你知道現在幾點嗎？大半夜的唱什麼歌？這裡今天不是只有鬼，還有人欸！替我們這些活人想想好嗎？做鬼的不用睡覺，我們還要睡耶！」

「胎哥，你是在吵什麼？」冷靜沉著的聲音從另一個旋轉杯裡傳出來，一會兒後，面貌清秀、身高頎長的另二名男孩從杯子裡探頭，他比一般同齡的孩子長得更高，當他坐在旋轉杯裡時，四肢侷促地緊緊蜷縮在身體兩側。

「就跟你說我叫 Tiger，Tiger ──意思是『老虎』，才不是什麼胎哥！」

「可是你就真的很胎哥啊。」此時，另一個旋轉杯裡也傳出了聲音，這是女孩子的聲音，細細小小，很甜美，聽起來就像有隻小貓用小小的爪子輕輕搔著你的心。

「喵仔，我哪裡胎哥啊？妳知道胎哥是什麼意思嗎？就

是……」Tiger急得抓耳撓腮，看上去，他似乎有點喜歡名為喵仔的女孩，因此不願意讓自己的形象在喵仔心中是如此不堪。

「就是你很髒的意思。」冷靜沉著的男孩卻淡淡地接續Tiger沒說完的話，語氣還頗有些嫌棄的感覺。

「No——金龍！你不能這樣說我！」Tiger再也忍無可忍，從自己的旋轉杯中跳出來往金龍所在的旋轉杯撲去，兩人半玩鬧地滾在一起，名為金龍的男孩可比Tiger愛乾淨多了，他著急地推開Tiger掛著鼻涕的臉，兩人誰也不讓誰，而喵仔從杯子中爬出來，她的真面目是個身材嬌小，表情像貓咪的女孩，此時也像貓一樣蹲在一旁看得不亦樂乎。

好不容易兩人終於消停，Tiger這才後知後覺地問：「欸？所以……剛才真的有人在唱歌？」

「我有聽到。」喵仔說。

「我也有聽到。」金龍附和，同時從口袋裡拿出手機，迅速地紀錄著不明文字。

「但我沒唱歌，聲音聽起來也不像喵仔，更不可能是金龍。」Tiger沉吟許久，得出結論：「這表示……這裡真的有鬼！」

只見Tiger興奮地搓著手，雙眼睜得大大的，好像不是覺得有鬼，而是覺得這裡有黃金，準備展開一場尋寶大冒險。

「現在不是睡覺的時候，我們要去把鬼找出來，最好可以綁起來，塞進背包裡，等我們回家以後，就可以秀給爸爸媽媽看，他們就不會不相信我們了！」Tiger說完這番話，莫名地看起來有些傷心，金龍和喵仔面面相覷，他們都有相似的經歷，也正是這些經歷讓他們湊在一起，最後相約集體離家出走，距離他們離家出走，似乎也有一個月了吧，不知道家裡的人有沒有為他們擔心著急？有沒有試著尋找他們呢？

「那麼，我們開始今天的調查探險吧。」Tiger輕咳一聲，試圖打破憂傷的氛圍：「出發之前，我們要先來擺個特別戰鬥姿勢，你們知道，就像《七龍珠》或《小魔女DoReMi》那樣……」

「《小魔女DoReMi》？我不知道你有在看耶，好老的卡通。」喵仔突然插話。

「我沒有認真看過，都是轉台的時候不小心轉到的……」Tiger想要辯解。

「而且，《小魔女DoReMi》好像根本就沒有特別戰鬥姿勢，倒是有變身姿勢。」金龍也在一旁說道，修長的手指仍忙不迭的輸入訊息。

「吼！現在先不要打斷我啦，我們要討論一下，今天由誰喊出我們的最終出場台詞。」Tiger雖然紅著臉，仍然堅持掌控發言。金龍和喵仔你看我，我看你，兩人都往後退了一步。

「嗯……胎哥，不，我是說Tiger，我其實沒有很想喊台詞。」喵仔將手揹在身後，不好意思地踢著地上的小石子：「如果你想喊台詞，我沒問題。」

「我也是，那種羞恥的台詞……我是說，那種浮誇的台詞不太適合我，還是你來喊吧。」金龍也淡淡表示。

「真的嗎？你們都想讓我喊台詞，讓我當老大？」Tiger雙眼閃閃發亮，甚至可以說是充滿了感動：「你們真是我最好的朋友、最棒的夥伴，就像《小魔女DoReMi》一樣！」

金龍小聲地嘟囔：「小魔女什麼的還是算了吧……」

喵仔倒是十分習慣接下來將發生的事情，她率先走到Tiger面前，做出招財貓似的動作，等待其他人也擺出他們各自的動作。

於是還正感動不已的Tiger站在喵仔後面，做出老虎般張牙舞爪的樣子，而金龍則收起手機，無奈地站在兩人後方，他身高最高，站在最後面也是無可厚非，但金龍的姿勢偏偏也最誇張。

他張開雙臂，抬起頭，擺出「飛龍在天」般的姿態。

就這樣，Tiger大喊：「月黑風高，有狼在叫！」

「我是靈巧如貓——喵仔！」喵仔歡樂地說。

「我是雄壯威武——Tiger！」Tiger嘶吼。

「我是……飛龍在天，金龍。」金龍有氣無力地說。

「我們是——龍虎貓小隊！」Tiger吼出最後的台詞。

三個孩子擺完姿勢、喊出台詞後，冷風陣陣吹過，他們放鬆四肢，有些尷尬地看著彼此，好一會兒後，Tiger率先開口：「金龍啊，我一直覺得你的台詞跟其他人有點不搭欸。」

「你是什麼意思？」

「我跟喵仔都是形容我們的外貌跟個性，但你就一句『飛龍在天』，那是怎樣？鄉土劇的劇名喔？」

金龍沒理他，也懶得提醒他當初每個人的台詞都是Tiger想的，其他人誰比他更中二？想得出這種

台詞？

龍虎貓小隊開始整理探險需要的物品，喵仔一身輕裝，金龍除了不離身的手機以外還多帶了一台相機，Tiger則在自己的旋轉杯裡翻來覆去，不僅在身上掛滿無線電、巨大收音機、附頭燈的頭盔，還裝填好又重又大的登山包，裡面滿是神祕器材，他艱難地將背包揹起來，如烏龜般緩慢地走向同伴，三人這才討論起歌聲的來處，今晚的目標就是揪出歌聲的主人。

話說龍虎貓小隊自從一個月前偷偷潛入卡多里樂園，已然將這裡當成他們探險的基地，晚上在廢墟裡尋找鬼怪或靈異事件，早上睡到日上三竿，三人再慢吞吞離開遊樂園，到大街上的便利商店找東西吃，或者潛入附近飯店中偷用他們的廁所擦洗身體、刷牙。

三個孩子都是古靈精怪，想當初剛來到大坑風景區，在路上走著走著還有大人會詢問：「你們的父母在哪呀？」一副準備要報警抓人的樣子，但金龍長得人高馬大，看起來臭老臭老，他說自己有十七八歲，居然也沒人懷疑，他只要臉色嚴肅地宣稱：「我帶弟弟妹妹出來玩。」就不會再有大人多管閒事。

在附近待得久了，便利商店的年輕女店員本來也問過他們是不是離家出走，這時就換喵仔跳出來佯裝哭泣：「爸爸媽媽會打我們。」

女店員氣得吹鬍子瞪眼：「我幫你們打電話叫社會局。」

「不不不，不是啦！那已經是很多年以前的事了。」Tiger 趕忙擺手阻止。

「很多年前的事？」女店員瞇眼懷疑。

「我們正在進行一場創傷療癒之旅。」最後還是金龍慢悠悠地編織藉口，他一面擺弄著相機，一面看向遠方：「那個時候我弟妹年紀都還小，只有我一個人擋在媽媽面前，爸爸後來被抓去關了，可是他們長大了心裡似乎還殘留著傷口，常常做惡夢尿床，我們被帶去找過諮商師，諮商師說一場與大人無關的旅行或許會有幫助，而我們的母親恰好也需要一些沉澱的空間，我們就跟學校請假出來旅行。」

「可是沒有大人跟著，就你們三個小孩子到處跑，感覺也沒什麼錢，沒有地方住，真的很奇怪啊……」

「大姐姐。」喵仔眨巴著亮亮的大眼睛：「不管我們說的是不是真的，但妳就沒有跟家裡吵架，想要離家出走過嗎？想要證明就算只有自己，也可以生活下去，拜託妳就當作我們是出來旅行吧，相信我們有能力可以照顧自己，我們還不想要被帶回家，請相信我們完全沒問題！」

「就是說啊，而且如果我們真的被家暴怎麼辦？如果我爸是超級有錢的上市公司CEO，妳找社會局來，他用錢打點一下就唬弄過去了，這不是害了我們嗎？」Tiger也半真半假地說。

三人你一言我一語，口中身世愈來愈離奇，最後好不容易說服了女店員。

「好吧。」女店員聽得眼眶泛淚：「既然只是旅行，你們打算在這裡待多久呢？」

金龍沒有給她一個明確的答覆，神祕而鄭重地道：「該多久就多久。」從此龍虎貓小隊收服了便利商店的女店員，女店員姓朱，暱稱珠珠。珠珠偷偷告訴三人便利商店每隔一段時間就會淘汰即期食品，雖然是快到期的食物，但因為保存狀態良好，還是可以食用。珠珠囑咐他們哪天可以過去拿，節省旅費，就此解決了他們吃飯的問題。

便利商店有廁所，飯店人比較多，管理比較嚴格的時候，他們無法使用飯店的廁所，珠珠就會讓他們用便利商店的廁所。

毫無疑問，珠珠是龍虎貓小隊最堅強的後盾。

就連大半夜他們剛進行完冒險，二十四小時營業的便利商店也能給他們簡單的點心宵夜，像是擺太久的茶葉蛋、烤地瓜跟沒人買的關東煮。

「啊啊啊！好想吃熱狗堡喔！」Tiger全副武裝走在午夜時分的廢棄遊樂園，大概是突然想到珠珠與便利商店，他突然哀號。

「我們才剛開始探險耶。」喵仔不可思議地說：「叫成這樣，鬼哪會出來啊？」

「話說回來，唱歌的鬼要怎樣才能找到呢？我們是不是也該唱歌？」

Tiger挖著耳朵，掏出一顆黑漆漆的大耳屎，隨手一彈，恰巧黏在金龍身上。

「要唱什麼歌？」金龍潔癖地從口袋裡拿出一張衛生紙，小心翼翼包住那坨耳屎。

「唱『快快跑呀哈姆太郎！在角落愛亂跑的哈姆太郎！最喜歡的東西是向日葵的種——』嗚呃！」金龍將衛生紙團一把塞進正大張著嘴唱歌的Tiger口中，適時阻止了他繼續大喊大叫。

「仔細想想，聲音好像是從大門的方向傳來的？」金龍指著通往入口的道路，此刻雜草叢生，一片荒涼，尤其夜晚無光，金龍所指的地方根本只是黑漆漆的陰影，讓Tiger和喵仔都忍不住起雞皮疙瘩。

要說他們到底喜不喜歡探險呢？這一個月以來，他們晚上在廢棄遊樂園裡已經不知道跑過多少地方，什麼紅色涼亭、碰碰車、八爪章魚、鬼屋、斷軌雲霄飛車啦，他們一一驗證了那些地方的傳聞，最後得出根本沒有鬼的結論，雲霄飛車沒有死過六十幾個人，紅色涼亭不是很確定，但也沒有異狀，有好幾次他們想轉往別墅區探險，聽說那裡曾經有人自殺，不過別墅區有保全把守，他們得知後立即放棄，遊樂園這麼大，他們還沒有完全探索過，可不想那麼快就被抓回家去。

探險一開始都是可怕的，因為遊樂園本身的荒蕪氛圍，還有斷垣殘壁造成的破敗，各種植物接管了建築，讓整體環境變得原生態又野蠻，要說這裡有些什麼怪事發生，可真是一點也不意外。

然而只要Tiger向金龍開起玩笑，喵仔跟著吐槽，那份恐懼感就會逐漸消失，使他們想起當初將三人聯繫在一起的原因，也更堅定了他們想要找到鬼的決心。

於是Tiger打開頭燈，金龍也點開手機的手電筒功能，和喵仔貼緊彼此，緩緩向大門靠近，他們走得愈近，似乎那一陣若有似無的歌聲就愈清晰，像是飄搖在晚風裡的一根線，他們愈走愈近，歌聲也愈來愈鮮明。

說起來，這是他們第一次真正遭遇靈異事件，過去一個月，他們比較多是被小黑蚊等昆蟲攻擊得體無完膚，這次終於出現神經兮兮的女孩歌聲，Tiger比任何人都更興奮，他拿出手上的小儀器四處亂比，希望能接收到更多的靈體反應，金龍與喵仔則跟在後頭，小心翼翼地查看周遭頭燈無法照耀的黑暗。

一會兒後，Tiger的儀器突然像遭遇火災一樣發出響亮的蜂鳴。

「天啊嚇死我了！」喵仔嚇得頭髮都豎了起來：「你這是什麼玩意，也太吵了吧！」

「等等，你們都別說話，這是搜尋到靈體的反應啊！」Tiger撥弄儀器上的圓盤，帶領其他二人靠近一旁的樹叢：「我相信，這次一定可以找到……」

Tiger沒把話說完，因為他看到一顆怒目而視的人頭此時就漂浮在樹叢之中。

「哇啊啊啊！」Tiger一屁股跌坐在地，雙腿抖得合不起來：「你你你……那那那……那是……是斷掉的人頭……」

金龍和喵仔瞠目結舌，不待他們反應，樹叢中的人頭飄得更高，帶出底下連接的身體部分，龍虎貓小隊這才看清楚眼前的根本不是什麼鬼人頭，而是另一名陌生男孩。

陌生男孩跟金龍差不多高，但面孔更加成熟，甚至給人有些滄桑的感覺，儘管如此，被嚇到的Tiger依然強作鎮定，忙爬起身指著對方罵道：「你誰啊？不知道這裡是龍虎貓小隊的地盤嗎？還不給我報上名來？」

「我是許耀威，我爸媽都叫我阿威。」陌生男孩有氣無力地說。

「嘿，入侵者！你進到我們的地盤，要交保護費喔！」見對方好欺負的樣子，Tiger立刻得意洋洋地伸手要錢。

「胎哥，你是小混混嗎？」金龍很不屑地問。

「就跟你說我不是胎哥！」

「那不然你是……？」名為阿威的男孩狀態有些奇怪，他眼神渙散，表情哀傷，全身上下卻散發著一股強烈的堅決，他看著面前的三個孩子，打量了一會，判斷他們都只是普通的孩子，這才放下心：「你們看起來比我還小，又為什麼會在這裡呢？」

「喔，我們是龍虎貓小隊啊，聽過嗎？我們在網路上很有名的，專門尋找鬼怪傳說，最大的願望是抓到一隻真正的鬼，回去嚇嚇家人，讓他們知道我們沒在說謊。」Tiger開始滔滔不絕地介紹起來，或許他以為自己又要多一個小弟：「卡多里樂園誰不知道，有名的猛鬼樂園，我們第一站來這裡，過幾天還要去下一個地點，就是有紅衣小女孩出沒的風動石……」

Tiger剛說完，阿威卻像瘋了一樣，紅著眼睛抓住他的領子又搖又扯：「你說紅衣……你看過嗎？在哪裡？她在這裡嗎？小花在這裡？」

「小、小花？你說誰？」Tiger被勒得呼吸困難，金龍在阿威行動時便立刻衝上前去，花了幾分鐘才讓對方放開Tiger，喵仔則陪在阿威身邊，輕輕拍著他的背讓他平靜下來。

「小花是……我的妹妹。」阿威赤紅的眼睛裡出現了濃厚的悲傷，他張開嘴，差點號啕大哭。

第二章　消失的妹妹

「你是說……你妹妹也離家出走？」Tiger一屁股坐在地上，打算問個清楚。

「你真把每個人都當成跟我們一樣？」金龍轉頭問阿威：「你剛才說的話，像是紅衣小女孩就是你妹妹？」

「這件事說來話長。」阿威抱著雙臂，整個人感覺陰暗又封閉，一點也不想坦誠以對。

喵仔看看自己的同伴，又看看阿威，睜大一雙貓眼若無其事地說：「你臉色很差耶，一定是遇到很可怕的事情，何不跟我們說說呢？我們龍虎貓小隊在網路上也是小有名氣，解決不少靈異事件，不信你可以查查看，你有帶手機嗎？」

阿威搖搖頭，整個人身子一軟，猛地癱坐到地上：「我出門的時候很匆忙，什麼都來不及帶，有一首歌……一直在我腦袋裡唱個不停，我是跟著那首歌來到這裡的。」

「一首歌？」龍虎貓小隊成員面面相覷：「你還記得怎麼唱嗎？」

阿威一臉悲慘，臉上還殘留著淚痕，他沒有回答，低聲輕輕地哼起來：「世上的命運哪有多不同，故事不斷傳唱，任愛恨隨時間流……」

「對啦！就是這首歌！」

「你們也知道？」

「晚上要睡覺結果被歌吵醒。」Tiger豎起一根手指：「不過這首歌也帶我們找到你，現在我明白了，歌曲背後一定有特殊的意義！」

「上網查了歌詞但都沒有找到。」金龍秀出手機給大家看搜尋畫面。

「也許要多爬點文章看有沒有人聽過類似的曲子？」喵仔提出意見：

「有一個APP可以從曲調查到歌，趕快下載！」

「等等！我的手機快沒電了！」

「把東西帶著，先去便利商店找珠珠姐借插座充電吧。」

龍虎貓小隊你一言我一語，討論得異常熱烈，阿威卻是目瞪口呆，最後只能愣愣地問：「你們到底是什麼人？」

「我們嘛……」Tiger與金龍、喵仔交換眼神，手搓著下巴說：「看來不展現一點真功夫，你是不會了解的。」Tiger一面說，一面比出了稍早的戰鬥姿勢。

「噢天啊！不要再來了。」喵仔呻吟。

「實在懶得理你。」金龍臉色一癱，閃到一旁。

「月黑風高，有狼在叫，我們是……龍虎貓小隊！欸？你們怎麼不配合？」Tiger搔搔頭，幾隻頭蝨飄了下來：「呿，不配合就算了，聽好囉！我是Tiger，是龍虎貓小隊的隊長，還沒離家出走以前，我超任性，但現在懂得負責任，金龍，你那是什麼眼神？哼，總之我從小就迷鬼魂啦、靈異事件那些，我有英文家教，就要他教我買國外的抓鬼儀器，我也爬了很多文章，現在是個打鬼專家，我找人創立了『尋鬼謎蹤』網站，跟金龍還有喵仔就是在那裡認識的，還有什麼……對了，因為爸媽對我的興趣忍無可忍，一直告訴我世界上沒有鬼，天下第一任性的我決定離家出走，打算抓隻鬼回家嚇死他們。」

「我的話，可以叫我喵仔。」喵仔接著舉手說道：「我很膽小，很怕鬼，我爸媽看我怕鬼，反而愈要嚇我，說什麼嚇多了我會變勇敢一點，有天晚上我睡到一半，爬起來上廁所，結果看見床底下有喀喀作響的骷髏，我哭著去找爸媽，結果他們居然集體嘲笑我……原來……那副骷髏是他們故意放在我床下的，我爸很過分，還說：『現在你知道鬼是假的了吧？哈哈哈哈。』笑屁喔，後來我在『尋鬼謎蹤』上看到胎哥的發文，就決定參加他的計畫，我也想要證明鬼魂存在，讓我爸媽後悔自己的所作所為。」說完，喵仔握緊自己的小拳頭，惡狠狠地往半空中揮舞。

「喵仔例子特殊，誰知道克服了恐懼以後，她超會鑽廢墟裡的小縫隙，我們進不去的地方都讓她先進去，再幫我們開路。」金龍冷靜地說：「我的名字是李金龍，名字是爺爺取的，我爺爺很厲害，是有名的文史工作者，特別專注於收集鄉野傳奇，他寫字，我就負責拍照片，我會參加胎哥的計畫，是因為想要讓爺爺看見我收集到的故事，他前陣子生了病，沒辦法再到處跑做田野調查，但他非常在乎自己的工作，家裡其他人都不懂他，只有我懂，我要用自己的方式讓每個人都知道爺爺很了不起。」金龍自我介紹的時候，手指仍在手機屏幕上飛快打字。

阿威聽了半天，大致知道了這三個孩子的背景，但仍然有許多疑問，譬如他們怎麼會聚在一起？還有他們在這裡做什麼？不過更重要的是……

「你們剛剛說的計畫到底是什麼？」阿威忍不住問。

「計畫就是……」

「成為知名靈異 Youtuber！」

「帶真正的鬼回家藏在爸媽床底嚇死他們！」

「收集新的故事唸給爺爺聽讓他為我感到驕傲！」

Tiger、金龍跟喵仔幾乎異口同聲地說出不同的答案，讓阿威不禁露出苦笑。

「咳咳，基本上就是在台灣各地尋找靈異傳說，並且藉由文字跟影像記錄下來，上傳到『尋鬼謎蹤』的計畫！」Tiger只好總結。

「所以你們才會跑來這裡收集鬼故事？」

「算是吧，卡多里樂園太出名了，我們準備從這裡開始，此外要收集鬼故事，甚至找到真正的鬼，這些工具是不可或缺的……」Tiger從背包中取出一大堆稀奇古怪的儀器與裝備，都是阿威從來沒見過的，每一樣都看起來又貴又怪異，金屬表面上還印著英文字。「你知道鬼魂可以釋放出某種特殊的電磁波嗎？我從國外買到特別的儀器可以偵測出來，用這些儀器，我們就可以找到鬼，或者任何磁場不對勁的地方，如果你遭遇到的問題跟鬼有關，就一定需要這些工具。」

「對了，我一直就在想，胎哥是那個吧？」喵仔突然道。

「哈？哪個？」Tiger抬起頭問。

「富・家・公・子・哥。」金龍冷冷地說。

「呃嘿嘿，我家確實是有點小錢啦。」Tiger忙著擺弄那些古怪的儀器，然而不少儀器都需要用到電力，恰好他們距離出口大街也不遠了，索性就帶著阿威到街上為他介紹附近的生活機能。

「飯店大廳的廁所很豪華，除了尿尿大便還能偷偷洗澡。」Tiger說。

「飯店旁邊的波音747超酷，我們偷偷溜進去過一次，但很容易被逮到，不建議去玩。」

「便利商店的珠珠姐是個大笨蛋……哦不是，我是說她是個大好人，只要你眼中含淚看著她，她就會給你東西吃，答應你所有的要求。」

他們來到便利商店的時候，珠珠正在給飲料櫃補貨，看見孩子們便說：「地瓜有剩，趕緊拿去吃吧。」

「嗚喔！謝謝珠珠姐。」他們將一堆電子用品的充電線插進所有肉眼可見的插座，接著習以為常地坐在座位區啃地瓜。

終於吃到熱騰騰的食物，阿威的情緒似乎比較放鬆一點，他默默吞嚥地瓜，看著龍虎貓小隊的成員們檢查充電中的儀器與手機，他們似乎非常認真地想要解決他的問題。

「那個……」喵仔發現阿威在看自己，對他笑了笑：「我們都自我介紹過了，現在是不是該換你了呢？」

「就是說啊！你妹妹到底怎麼會失蹤？又怎麼會跟紅衣小女孩有關係呢？」

聽見那個名字，阿威顫抖了一下：「其實，如果可以的話最好不要唸出鬼魂或妖怪的名字，尤其是……紅衣的名字。」

「是喔？為什麼？」

「像它們這樣的存在一般是沒有名字的，如果有名字，代表靈力強大，唸出它們的名字，會把它們吸引到身邊。」金龍理性地分析著。

「就是這樣。」阿威深吸一口氣：「我可以跟你們說我的事情，只希望你們聽了，不要因此看不起我，再也不想幫我的忙……」

「怎麼會呢？快說吧！」Tiger興奮地大口咬地瓜，差點被噎住。

「水在這裡，真是的，慢慢吃不行嗎？」喵仔拍著Tiger的背，面向阿威：「別擔心，我們不會拋下你不管，你跟我們一樣都是為了鬼怪離家出走的人，我們已經是同伴了。」

阿威思索著，金龍無言地遞給他一瓶可樂。

「是嗎……既然如此，我就告訴你們吧……」像是終於下定了決心，阿威開口：「那個……我之前已經說過我的名字，我叫許耀威，妹妹叫做許瑤華，大家都叫她小花，她是在兩個星期前失蹤的，她失蹤前其實有留下一封信，所以我知道她是離家出走。

「可是她的離家出走有股說不出的奇怪，我試著說清楚一點。

「小花她……跟一般人不太一樣，小時候被檢測出腦部發展遲緩，有智能不足的問題，我家裡是開小吃店的，爸爸媽媽整天忙於工作，也沒讀多少書，不太知道要怎麼對待小花，不過爸媽都對小花很好，常常買玩具、衣服給她，除了這些，他們似乎也沒有其他幫助小花的方法。

「爸媽也是很奇怪，小花愈長愈大，他們還總是給她買各式各樣色彩鮮艷的衣服，我是一點也不羨慕啦，哪個已經懂事的孩子會喜歡那種大紅色、粉紅色、螢光綠甚至是彩色的衣服呢？拜託，穿在外面都丟臉死了。但小花不懂得這些，爸媽給她什麼衣服，她就開開心心地穿。」

「這麼說好像也是，常常看到一些比較特別的人，身上都穿著很鮮豔的衣服呢！」喵仔彷彿突然領悟地插話。

「對，穿鮮豔的衣服可以是一種避免走失的方法吧，像是失智老人、生活無法自理的人、身心障礙者……以小花來說，我們的生活圈很小，假如小花哪天沒有回家，我們在鎮上繞一圈就能找回衣著顯眼的她。

「小花是我的妹妹，以前我當然很照顧她，爸媽不懂如何在教育上幫助她，我也有上網查資料、建議他們送小花去唸特教學校，但我爸媽有點固執，認為小花去上特教學校，不就證明她跟別人不一樣嗎？結果小花後來還是跟我上同樣的國小、國中，不久前，小花剛升上國中一年級，而這就是噩夢的開始。

「以前還在國小的時候，大家年紀都不大，懂的事情也不多，雖然偶爾小花會被人欺負，但都不太嚴重，我當時也自許負起身為哥哥的責任，中午都會去她班上找她吃飯，也會請她班上的同學多多照顧她，說來也是我太弱小了，國小的時候我成績很好，體育也很好，做什麼都是第一，是學校的風雲人物，雖然有個這樣的妹妹是挺丟臉的，但其他人看在我的面子上會幫忙小花，誰知道升上國中後，我自己遇上了霸凌事件。」

提到霸凌，幾乎每個孩子都有自己的故事，也都曾經目睹類似的事情，此時金龍眼中閃過黯淡的光，喵仔看著窗外，思索著過去的記憶，Tiger則撥弄著手中的電源線，表現出同情的模樣。

阿威停了一會，喝了一口水，其他人默默陪伴、等待著，直到阿威再度開口：

「那是剛開學的時候，老師說要臨時測驗，我無意間發現旁邊的新同學們集體作弊，我立刻小聲要求他們停止，誰知道他們非但不知悔改，還說放學要揍我，從此以後，我的國中生活苦不堪言，那些同學原來早就認識三年級的學長，根本就是一群小混混，他們把我當小弟一樣使喚，就這樣直到二年級。

「二年級以後小花也入學了，他們不知怎樣得知小花是我妹妹，發瘋似的嘲笑我，我也不知著了什麼魔，竟然覺得有小花這樣的妹妹非常丟臉，我在學校完全不跟小花說話，就算她來班上找我，我也裝作不認識，如果媽媽要我幫忙帶便當費去學校給小花，我也是在她教室的門口大聲吼她出來……這樣的狀況愈來愈嚴重，最後連在家裡，我都不怎麼跟小花說話了。

「明明每天早上都要一起搭公車到學校，我還是裝作不認識的樣子，到了現在，我想小花那時一定可以感覺得到我的改變，可是她沒有跟爸媽說，只是接受我的決定。

「後來有一天，那群小混混當中有人的女朋友跟小花同班，出於好玩的原因開始捉弄她，藏起她的文具、偷走她的便當錢、騙她去操場等人結果完全不出現……這些事情我都知道，但當時我覺得自身都難保了，根本沒辦法幫助小花，然後……發生了那樣的事……

「你們知道紅衣……女孩的傳說內容吧？一整個家族的人到風動石

公園遊玩，路途上拍攝了V8，回家查看影片，發現隊伍末端跟著一名誰都不認識的紅衣女孩，不久後家族中有人病故，家裡其他人便把這段影片寄到電視台參加『神出鬼沒』靈異節目，想不到引發觀眾熱烈迴響，這段怪談一傳十、十傳百，造成整個台灣社會大轟動，人人都在猜測女孩的真實身分，有人說是魔神仔，有人說是鬼，但實際上沒人可以確定那到底是什麼，也有專家說明，或許只是一個落單的遊客，儘管如此，那個紅衣女孩的樣貌以一個遊客來說也是挺詭異的。

「首先她沒有攜帶任何背包行李，身上穿著紅衣紅褲，不是很容易被蚊蟲叮咬嗎？一般人到山區會這樣穿嗎？加上當時影片畫質不好，女孩的面孔被認為活像個老太太，走路方式也跟一般人不一樣……總而言之，這個傳說並沒有隨時間慢慢消失，反倒每隔一段時間就會爆出來一次，久而久之就成為了台灣特殊的鬼怪傳說。

「很不巧的，那個小混混的女友無聊之下上網查詢到這段影片，就在班上大肆宣揚，把大家搞得緊張兮兮，又忍不住想把這股不安散播出去，他們看見小花，突然就像獵狗嗅到了獵物一樣，開始嘲笑某個星期天在路上遇到小花，她剛好穿了一身紅色套裝，她那些同學居然就說小花長得跟影片裡的紅衣女孩一模一樣，該不會就是影片裡的鬼吧？

「他們在那邊起鬨，對小花的欺負也更加嚴重。

「我明明知道……我明明知道……可是我一點忙也幫不上，不，不是我幫不上忙，而是我懦弱到沒辦法保護她。

「那時候，學校還流行一種跳高的遊戲，就是站在二樓教室窗外，比賽看誰敢從二樓跳到一樓，那很危險、很容易受傷，但也不是不可能，已經有幾個同學因為玩這個遊戲摔斷腿，我還記得很清楚……

「那天我聽說小花要跟欺負她的女同學比跳高，我一聽就知道她一定是被迫的，我趕快去找她，卻來不及，我看見她的同學站在一樓慫恿她，說她是紅衣……小女孩，如果她不跳，就是心虛，結果，她就跳了……

「她的血染紅了草地，她哭得好大聲，朝我伸出手，想要我救她，但我太害怕了，直到救護車把她載走，我都沒有看她一眼。

「之後爸爸從醫院回來，才跟我說小花要住院一段時間，媽媽會留在醫院照顧她，我去看了她一次，但她睡著了，我只好跟爸爸回家。我想跟她道歉，好想好想，誰知道沒過幾天，小花就從醫院消失了，只留下一封信……」

第三章　來自彼方的訊息

「原來是這樣啊。」聽到這裡Tiger有些鄙夷地看著阿威：「你這樣就不對啦，就算妹妹有特殊狀況，也不應該看不起她。」

「我知道……只是……」

「話說回來，以前台灣有好多靈異節目喔，我一個表阿姨小時候還看過『鬼話連篇』呢！據說她看的那集是關於一張靈異照片，照片裡的其中一個人沒有雙腿，結果節目竟然邀請到本尊來，當時那個人一出場，雙腿好端端地沒有不見，表阿姨說她反倒是因為那人有腿才嚇到！」喵仔興奮地說。

「是心理作用吧？尤其那種節目常常有一些恐怖背景音樂啦，氣氛過度渲染，會嚇到也沒什麼奇怪的。」金龍沉穩地解釋。

「嗯……總而言之，你也不知道小花離開醫院去了哪裡？」Tiger好不容易拉回話題。

「你們好歹讓我把故事說完。」阿威再次無奈地嘆了口氣，總覺得自己營造的氣氛都不見了，滿心的愧疚更顯得有點尷尬：「從跳高遊戲那時開始，事情其實就有些古怪的地方。

「我問了小花班上的同學，他們替我還原了當時狀況，原來要跟小花比跳高的女生就是我們班那個混混同學的女友，名字叫柳琳欣，她欺負小花是愈來愈過火，原本只是惡作劇地說她長得像影片中的紅衣女孩，後來謠言愈傳愈誇張，居然說小花真的就是，連玩跳高骨折的幾個同學，也被說是因為小花下了詛咒，才害他們受傷。

「本來他們班上的導師有意要阻止惡意的謠言，可是根據那位導師的說法，她有一次真的看見小花臉色青黑，像是老人一樣的臉，正對著準備玩跳高的一群女生怒目瞪視，導師立刻阻止她們玩跳高遊戲，而且禁止她們再玩，誰知道柳琳欣趁導師不在，故意挑釁小花要跟她比跳高。

「聽站在一樓觀看的同學說，柳琳欣根本沒打算要真的跳，她跟小花一起站在窗邊，說數到三就跳，還說如果她不跳，她就是心虛、心裡有鬼，小花一直重複著說『我不是紅衣女孩、我不是紅衣女孩』，但她愈說，其他人就愈笑，笑聲從一樓傳到二樓，當柳琳欣數到三的時候，小花再也承受不住周遭同學的煽動，縱身跳了下去。

「由於小花當時受的傷比之前骨折的那些人都更嚴重，當下所有人都嚇壞了，也有現場目睹的同學跟我說，當時小花的臉痛苦扭曲，臉色發青，好似還有獠牙一般，她跳下去的時候發出『啪』的一聲，當下彷彿有一塊紅色的布，從她身體底下飄出來，後來才發現那不是紅色的布，而是小花的血。

「小花在醫院的時候，臉色很蒼白，但一點也不像鬼或者老人，就只是我的妹妹，她離開的前一天，我還做了奇怪的夢，我醒來以後，她就走了，媽媽太累了，即便睡在小花床邊，也沒有察覺她的離開，小花留下的信很簡單，因為她很多字都不會寫，可是那封信……也是說不出的奇怪。

「信上寫：謝謝爸爸，謝謝媽媽，謝謝哥哥，我不會再讓哥哥丟臉了，我要跟著紅色的布去，謝謝你們。」

「紅色的布……？」金龍沉吟著。

「小花離開以後，我開始聽見那首歌。」阿威將最後一塊地瓜塞進嘴裡，緩慢咀嚼著：「也做了夢。」

「什麼樣的夢？」故事太精彩，Tiger開口詢問時聲音都是顫抖的。

「一間很大的宅子，有很大的院子，一個穿著紅色喜袍的女孩站在院子裡，對我唱那首歌，我看不清她的臉，心裡卻有一個名字浮現，讓我知道她叫娟蘭。」

「紅色喜袍？難道真是紅衣小……女孩？」Tiger問。

「總覺得不太對，紅衣……應該是沒有名字的吧。」金龍說道：「對了，與其說沒有名字，倒不如說，紅衣小女孩就是那東西的名字。」

「就說不要唸出來了。」喵仔抱著肩膀發抖：「每次聽到這個名字，我都感覺到一股很深的惡意。」

「既然這樣，以後就用『紅衣』代稱吧……妳說的沒錯，比起人類或鬼魂，紅衣更像是一種與人類完全相反的無機物，這是我看到那段影片時的想法。」金龍無意識凝望自己的手機屏幕，口中喃喃道：「如果是爺爺，不知道會怎麼查明真相。」

金龍修長的手指敲了幾下手機，將方才大夥討論的內容寫進某個Line對話群組，由於知道訊息彼方不會有人回應，金龍養成將收集到的故事與資料鍵入這個對話群組的習慣。這件事情Tiger跟喵仔都不知道，而金龍心中始終有著微弱的期待，也許自己收集到的這些故事，有一天會在旁邊掛上小小的「已讀」。

「那麼這個娟蘭……到底是誰呢？」喵仔好奇地問。

「我有自己查過資料，但查不太到。」阿威說。

空氣頓時沉默下來，彷彿進入某種僵局，大夥彼此你看我我看你，不時唉聲嘆氣，卻怎樣也理不出頭緒。以龍虎貓小隊來說，時間已經太晚，他們都累了，喵仔和Tiger開始打盹，頭一點一點地靠向對方，金龍看著自己的手機，不知在想什麼，而阿威則深陷在對妹妹的愧疚中，恨不得不眠不休搜尋小花的下落。

畢竟只是一個夢。阿威憂傷地想：可是如果夢沒有意義，為什麼我會這麼在意呢？

他失神地走出便利商店，試圖呼吸一些新鮮空氣，事實上還有一件事自己沒跟龍虎貓小隊說明，那便是與紅色布有關的祕密，可是說了又有誰會相信？紅色的布、紅衣小女孩、妹妹小花、娟蘭……這些詞彙混雜在一塊，形成絕望的漩渦。

如果當時沒有疏遠妹妹，一切會不會不同？如果當時他成功阻止小花跟同學玩跳高遊戲，結局會不會改變？

說這些都太晚了，阿威自嘲地笑了，妹妹離開的時候，骨折的腿甚至都還尚未痊癒，到底是多大的意念才能驅使她即便拖著傷腿也要離開……或許是對他這個哥哥的失望吧。

「你還好嗎？」身後傳來金龍溫和的詢問，阿威偷偷擦去淚水，聳了聳肩。

「我只是在想，沒辦法繼續耗下去了，小花失蹤的每一分每一秒都很危險，我不知道她在哪裡……根本最開始就不該跟你們提這件事，你們年紀比我還小呢。」阿威哭著笑出來：「我是有多絕望，才會拜託你們幫忙啊？對不起，我沒有看不起你們的意思，只是我應該繼續去找小花，我不能停下來……」說著阿威往便利商店內走，準備收拾自己不多的個人物品，重新踏上旅途。

「你啊，不要小看龍虎貓小隊。」金龍在阿威身後說道，儘管每次唸出隊名都有種羞恥感，但金龍還是繼續：「我們雖然年紀比你小，卻比你有經驗，為了尋找鬼怪，我們賭上了擁有的一切，這不是隨隨便便做的決定，Tiger手上的儀器、喵仔的靈巧、我的判斷力，組合起來所向披靡，至於你……你連手機都沒帶出門不是嗎？」

阿威畏縮了一下，卻仍背對著金龍。

「你可以說是我們接的第一個靈異案件，我們一定會幫助你找到妹妹。」金龍堅定地說。

「哈。」阿威語帶哽咽：「小花失蹤那天，我爸媽就報警了，警察都找不到人，你們憑什麼覺得可以？」

「我不知道。」金龍握著的手機屏幕隱約閃現光亮：「可能是一種直覺吧，好像冥冥中有什麼引領你來找到我們，還有那首歌……」

「叮咚。」

突然間，金龍的手機傳出提示音，他看向屏幕，臉色一變。

「怎麼了？」

「是我爺爺，他傳Line給我。」金龍莫名地手忙腳亂，他檢查著自己過去發出的每一條訊息，居然真的都被已讀了。

但這是不可能的啊！

在金龍傳的眾多訊息之下，是爺爺送出的一行網址。

看網址呈現的短標題，似乎是一篇部落格文章，文章標題很有爺爺過去的風格，金龍不禁精神一振。

「到底怎麼回事?」阿威感覺到不對勁，金龍本來冷靜自持，卻因為爺爺傳訊息給他激動成這樣，真是十分奇怪。

金龍沒有回答，他直接撥Line過去，卻沒人接聽，他只能愣愣地結束通話。

「我爺爺生病好一陣子了，以為他不會好起來，沒想到居然傳了訊息給我。」金龍自言自語：「不可能啊……」

「訊息是什麼呢?」阿威好奇地問。

「好像是爺爺以前寫的部落格文章，不過我記得他的部落格關閉好久了。」

金龍點開網址，仔細閱讀起來，爺爺傳來的文章以民間故事的筆法書寫名為胡娟蘭的養女，在深宅大院中度過的淒慘童年。

「胡娟蘭。」阿威湊上前看：「有這麼巧的事?難道我夢到的那個女孩就是她?等一下，你爺爺怎麼知道我們在查這件事?」

「我每天都會寫紀錄傳給爺爺。」金龍回答：「我也不曉得他會看，我以為……」

「等等，這個內容——」阿威一下子被吸引住，大聲唸出文章：「胡娟蘭本名林阿犁，自小癡傻愚憨，又傳命格奇煞，剋死父母，家裡其他人不得已隱瞞命格之事，將她改名娟蘭後賣給一戶姓胡的人家做童養媳。姓胡的稍有財富，膝下只有一名獨子，但兒子殘疾身弱，當家主母胡夫人擔憂兒子長大討不到老婆，於是先買個傻女孩做童養媳，長大了兒子能找到老婆，再把女孩賣掉便是，如果沒人願意嫁來家裡，娟蘭就是最好的備胎……」阿威讀著，不禁嘆息：「誰知道娟蘭到家裡沒多久，胡家獨子病情惡化，沒幾天就撒手人寰，胡夫人怨恨滔天，認為是娟蘭家裡隱瞞她命格帶煞，因此剋死了虛弱的兒子，這事傳出以後，娟蘭家已經連夜逃走，剩下娟蘭一人，胡家夫人為了報復，乾脆收娟蘭為養女，卻是日夜折磨使喚她，讓她的日子過得比下人還不如。」

「你看最後一段：娟蘭到了十六歲，胡夫人騙她為她張羅了婚事，讓她在柴房裡徹夜縫製自己的喜袍，不可離開。娟蘭真的徹夜縫製紅色喜袍，胡夫人卻喚人把柴房燒了，娟蘭因此被活活燒死，據說娟蘭由於癡傻，連被火燒都沒有感覺，依然一邊縫製喜袍，一邊唱著歌。」金龍唸道：「雖然沒說是什麼歌，但大概就是你聽到的那首吧。」

「有可能。」阿威愈想愈覺得不可思議：「可是娟蘭到底跟我妹妹的事情有什麼關係？我實在搞不明白，之前也有人要我去找娟蘭，會不會紅衣……實際上就是……」

「噓。」金龍伸出食指阻止他，此時，便利商店外突然吹起一陣怪風，讓兩人都顫抖了一下。

「要你去找娟蘭的人是誰？」一會兒後，金龍問。

阿威嘆了口氣，他正準備開口，胸口卻莫名疼痛起來，像是心遭人撕碎，又尖又麻的感覺刺穿了他，而那首歌在他耳邊悠悠響起，阿威忽然覺得，那唱著歌的聲音好像小花。

在強烈的痛苦中，阿威摀著胸口跪倒在地，他眼前逐漸發黑，聽見便利商店開門時的聲響、金龍的呼喚，還有Tiger從打盹中驚醒的吼叫：

「我知道了！線索就在一開始——」

阿威已經聽不見了。

第四章　紅色的布

像是一個長長的夢境，阿威走在黑暗中。

在他面前不遠處，有道搖搖晃晃、一瘸一拐的人影，人影的一條腿似乎斷了，以古怪的角度掛在身下，使人影前進得極為緩慢。

儘管如此，阿威仍然追趕不上，不論他怎麼跑、怎麼叫，那人影都不曾回頭。

「呼……哈！」阿威喘著氣，這條黑暗的道路彷彿沒有盡頭，但他愈跑，瘸腿的人影就愈模糊，為了追逐那人影，阿威猛力往前一撲，整個人卻掉進了陽光普照的大馬路。

「奇怪，這裡是我家附近。」阿威拍去膝蓋上的灰塵，四下張望：「金龍？喵仔？胎哥？」他喊著，沒有等到任何答覆。

阿威只能順著自己熟悉的路走向父母開設的小吃店，小吃店遠遠地看上去招牌黯淡破舊，但生意很好，是在地有名的銅板美食，再往前走幾步，阿威震驚地張大了嘴，他看見國小時的自己和妹妹小花。

他們坐在小吃店角落的位置寫作業，阿威印象深刻，以前學校放學或者週休二日，父母為了同時照顧他們兄妹倆，囑咐阿威攜小花一起坐在小吃店最角落的座位，在小吃店長時間播放的新聞報導聲中溫柔地教妹妹寫作業。

阿威從有記憶以來就不曾對小花不耐煩，反倒是升上國中以後，他彷彿從新的角度凝視妹妹，現在他意識到是其他人的角度，在別人眼中，小花又髒又蠢，反應慢、說話無趣，阿威有好一陣子不記得自己耐心對待妹妹的時候了。

像現在，阿威看著國小的自己和妹妹膩在一塊，看不見小花後頸上一層層被摳起的汙垢，還有她身上柔軟舒適的棉質粉紅毛衣，上面還有天線寶寶的圖案，真是太可笑了，她腳上甚至穿著那雙醜到極點的彩虹球鞋。

至於小花的臉，阿威意外發現小花的臉是她全身上下最順眼的地方，圓滾滾的，眼睛裡閃著單純的光輝，她的頭髮長長了，但父母沒發現，於是阿威用橡皮筋幫她把瀏海綁起來，他根本不會綁，綁得像支沖天炮，讓小花看起來更與眾不同了。

「天啊，真是超難看的。」阿威想笑，卻發現眼淚流了下來，這是多天以來他第一次看見小花。

阿威忍不住靠近了一些，隨後，他意識到自己記得這一天。

『哥哥，升上國中以後，你還會來看小花嗎？』小花咬著筆桿，輕

聲問。

『會啊，我讀的國中離妳學校又不遠。』阿威聽見自己漫不經心地回答。

『聽說國中的課很難。』小花重複著：『很難、很難、很難……』

『嘿。』阿威把筆從小花嘴裡解救出來：『不管妳在哪裡，我都會陪著妳，妳上國中之後也一樣。』

『小花想跟哥哥一樣，小花國中也要跟哥哥一樣。』

『妳是說妳要跟我讀同樣的國中嗎？』阿威明明知道小花的意思，卻故意逗她：『那高中呢？大學呢？』

『小花不能讀大學……』

聽到這句話，阿威胸口一痛：「小花可以唸特別的學校啊。」

『可是，小花想跟哥哥一樣。』小花固執地重複著『一樣』，可是『一樣』到底是什麼意思？阿威當時並不清楚，直到現在也不明白。

『不然我不要考大學，就留在家裡陪妳好了。』到了最後，阿威乾脆將筆一丟，爽快地說：『小花想跟我一樣，我也想跟小花一樣，我不去唸高中，也不去讀大學，一直陪妳好不好？』

阿威以為小花聽了自己的話會欣喜若狂，沒想到妹妹卻忽然站起身大哭：『不要！不要！』

當時的自己根本不曉得妹妹為何發那麼大的火，阿威呆若木雞，暗想等等一定會被爸媽責罰，畢竟照顧小花已經是阿威長期的責任了，作為哥哥，讓妹妹這麼大哭大鬧，真是失敗啊……可是有些零碎的話語穿透哭聲而來，語句零星參雜在小花的啜泣聲中：『你……你的成績那麼好！你有一天會成為……很棒的人……』阿威看著小花用力擠著臉，努力一個字一個字說出她的想法：『你……不能……留在……這裡……你……要去……更好……的地方……』

阿威想像不到更好的地方是哪裡，他看著小花皺起的臉，覺得好可愛又好好笑，對啊，小花的身邊就是最好的地方，那時他明明這麼想。

畫面突然變暗，像是有人把燈關上，阿威眨著眼，摸索著往前走，馬路、小吃店卻都一一消失在前方，包括國小時的自己和小花。阿威再次聽見了歌聲，伴隨一陣花香，那歌聲虛無縹緲，卻也清晰無比，引領他往前行進。

「世上的命運哪有多不同，故事不斷傳唱，任愛恨隨時間流……」

阿威抬頭一看，發現自己置身夜晚的國中，這是小花失蹤以後他第一次回學校，曾經，他覺得這兒令自己恐懼，他不懂明明國小時成績優異、人緣極好，為什麼升上國中卻成為金字塔最底層的廢物，他無法保護自己，也沒有能力保護小花。

跳高事件發生後，學校老師花大量時間試圖查明真相，可是與事件相關的同學們互相推諉，家長也替自家孩子說話，不認為跟他們有關，隨後小花失蹤，警察讓他們看一段醫院的監視器，畫質不佳的影片中，小花穿著一件紅色洋裝，一瘸一拐迅速經過走廊，畫面播放的速度太快，阿威的父母要求用正常速度重播，不要快轉，警察卻用十分古怪的表情回答：

「這已經是正常速度了。」

正常速度會這麼快嗎？幾乎不像是人類一樣。

小花即將走出監視器視角時，似乎有稍微轉頭一下，阿威嚇了一跳，她的臉一陣青一陣白，微微笑著露出獠牙。

小花是被什麼東西帶走的。這是阿威看完監視器後唯一確定的事情。

為了確認一些細節，阿威打電話把長期欺負自己的小混混同學約來學校。

時間有點晚了，無人的國中呈現出一種寒涼的陰森，阿威看見另一個自己等在學校操場，那時他已經有幾天沒睡覺了，只要一睡就會夢見古老宅院，還有穿著紅色喜袍的少女，他的精神狀況瀕臨崩潰，甚至連醒著時也能聽見那首歌，唯一支撐住他的是小花身陷危險的事實，阿威看見小花墜樓的那刻就知道，這是他的錯，他的罪惡，他永遠也無法擺脫。

陰影中走來一個吊兒郎當的人影，阿威的小混混同學，他有個綽號，叫狸貓，因為他常常徹夜在外遊蕩，導致黑眼圈很深。

看見狸貓，阿威不由自主開始顫抖，但此時此刻他不知道自己是憤怒多一些，還是恐懼多一些。

「許耀威，這麼晚找我出來，是想怎樣？」狸貓的聲音輕浮，與平常無異，似乎還當阿威是小弟，這讓阿威無法忍受。

「我妹妹失蹤了，我一定要找到她……你知道一些隱情吧？我知道你有跟別人說，那個啊，我不想跟老師告狀或怎樣的，我只想找到她，把你知道的一切都告訴我！」說到最後，阿威幾乎是用吼的。

彷彿被阿威惡鬼般的語氣嚇到，狸貓一下子瞇起眼睛，像是想了一下，然後才說：「好啦好啦我知道啦，有必要用吼的嗎？你妹的事情又不完全是我的錯，你要我怎麼幫你？我根本不知道……」

「柳琳欣為什麼要針對小花？」阿威厲聲問：「跳高遊戲是故意弄出來要讓小花玩的吧？跟其他人一點關係也沒有。」

狸貓的表情瞬間變得很困惑：「說實話我也搞不清楚事情怎麼會變成這樣，我本來……我本來不是想針對你或者你妹。」

「不然是怎樣？」

「我其實想照顧她，因為她是你妹妹，所以我就跟琳琳說，特別關照許瑤華，她答應了，開始對你妹惡作劇，我本來覺得也還好，畢竟我也是這樣交朋友的，誰知道她愈來愈過分，還想出跳高遊戲，那根本不是我的主意，我沒想過要讓誰受傷……」

得到意料之外的答案，阿威明顯愣住了。

「你是說，你沒有想要傷害她？可是你也散播了跟小花有關的謠言，你說她是紅衣小女孩。」

「對……」狸貓臉上閃現愧疚，幾乎難以察覺：「原本也是一個惡作劇而已，只不過這個惡作劇是琳琳想的，然後有一件怪事，她來找我講這個的時候，我看不見她的臉。」

阿威提醒：「說清楚一點。」

「嗯，有一天她來找我，很奇怪，她就站在門口，也不進來，也不讓我開門，說自己沒化妝，要是我敢看她就要打死我，我說好，她就說要我在二、三年級散布許瑤華是紅衣小女孩的傳聞，我有跟她說這樣不好，但她很堅持，還說已經準備了一個盛大的驚喜……」
「等等，你怎麼知道那是柳琳欣？」
「她的聲音是啊！不過我都沒看到她的臉，她說完要走的時候，我有偷偷打開門看一下，結果只看到她的衣襬，她那天大概是穿紅色洋裝吧，但我只看見一塊紅色的布……」
「紅色的布……」
阿威感覺一陣冰寒從背脊爬上全身。
「柳琳欣現在在哪？我要找她。」
「她就住學校附近，我可以給你地址，她現在應該還沒睡，你妹失蹤後她都請假在家，據她媽說是驚到還怎樣，人有點瘋瘋癲癲的，我好一陣子沒見到她了。」
「了解。」阿威轉身要走，卻聽見對方扭扭捏捏地說道：「阿威，真對不起，不曉得事情會變成這樣……」
阿威閉了閉眼睛，畫面再次溶解於黑暗。

對，那是他準備去找小花的前一晚，同時他也記得之後發生了什麼。太過怪異，太過可怕。

阿威想起他去了柳琳欣家，很奇怪的是，狸貓說她還沒睡，家裡應該也還有父母之類的家人，阿威前去的時候窗內卻是一片黑暗。

阿威敲了很久的門，隨後聽見像是指甲在刮玻璃的聲音。

「哈囉？」阿威試探地隔著門大喊：「那個……我是小花的哥哥，她之前跟妳玩跳高遊戲，然後在醫院失蹤了，我想知道……」

「她被選中了。」一個陰森森的女聲從門後傳來。

「什麼？」

「你的妹妹是個智障，沒人喜歡她，連她哥哥也不愛她，紅色的布最喜歡這種孩子了，她會成爲魔花的果實。」

「妳這傢伙！憑什麼——」

「最早最早，紅色布就在找這種靈魂的雙生子，一個保護，一個是獵物，她們很特別，她們看起來像白癡。」女聲隱隱浮現痛苦：「紅色的布本來快要死掉，人們卻擁有了新的媒介，電視節目、網路，最初的犧牲品是跟在家族隊伍最後方的女孩，她也是有缺陷的問題之子，人們的惡意與謠傳讓她成爲紅色布的容器，通過新的媒介，紅色的布得以繼續存活。」

阿威發覺狀況不太對勁，柳琳欣不僅僅是瘋癲那麼簡單，她的話語藏著真相。

「可是傳說有一天會中斷，謠言需要下一個肉身，才能成爲……才能成爲……眞正的怪物。」說到這裡，女孩似乎再也無法繼續下去，她發出尖叫：「好痛！好痛！我錯了！不要找我！不要找我啊啊啊！」

「喂！喂！妳還好嗎？可惡——」阿威敲打著門，最終只聽見彼端傳來劇烈的喘息聲。

「去找娟蘭小姐。」柳琳欣氣若游絲地道：「去找……娟蘭小姐。」

對了，那時候對方這麼說。

「娟蘭嗎……」阿威在黑暗中繼續走，一面走，更多過去的畫面浮現在四周，幾乎都是與小花有關的過往回憶，像是在提醒阿威不要忘記，不要遺忘支撐自己走到這裡的原因。

「小花……」阿威輕喚，愈是呼喚就愈是懊悔，悔恨讓阿威痛哭失聲，他好想念妹妹，如果小花發生什麼事，他一定不會原諒自己。

「世上的命運哪有多不同……」神祕的歌聲再次吟唱。

「不要再唱了。」阿威喃喃道：「妳就是紅衣小女孩吧？是妳帶走我的妹妹？把她還給我……把我唯一的妹妹還給我……」

可是歌聲沒有停止，反而愈來愈清晰，阿威忍無可忍的咆哮：「這就是妳殺人的方法嗎？妳的歌聲是詛咒吧？有種就在我面前現身！不要唱這種鬼歌！」

好一會兒什麼都沒發生，隨時間一點一滴過去，黑暗裡出現微光，光芒裡有枝葉扶疏的老榕樹，巨大、古老的宅院，歌聲就是從那裡傳來的，阿威不由自主跟著走上前去。

花的香味更加明顯，那是蘭花的氣息。

阿威環顧四周，寬廣的院子十分潮溼，除了有假山流水，還有無數生長在溼氣裡的蘭花。

「不好意思，我一直想找你說話，但你醒著時看不見我，只好讓你睡著，才能跟你見面。」

一個好聽的聲音從阿威身後傳來，他一轉身，看見一名與自己身高差不多的少女正在悉心照料著手上的一盆蘭花。

「妳是誰？」

「嗯，姑且稱我為娟蘭小姐吧。」出乎意料的，少女並沒有穿著紅色的喜袍，她一身潔白的大襟衫、合襠褲，清秀的小臉不施粉黛，看上去有種說不出的淡雅。

「妳……就是娟蘭？」阿威不禁結巴起來：「妳……不是……」

「對，我可不是紅衣小女孩。」娟蘭小姐朝他嫣然一笑：「千萬別弄錯了。」

第五章　夢中古宅

阿威愣愣地望著眼前的少女，跟他想像的不同，娟蘭小姐不像影片畫面裡面色青黑、如同老人或有獠牙，娟蘭小姐的臉龐乾淨鮮活，就像一個正常人。

「妳……妳不是紅衣小女孩？」阿威戰戰兢兢地問。

「我不是。」娟蘭小姐肯定地回答，卻也沒有解釋更多，她細心為蘭花噴上水氣，白蘭吐顎，花心沾染晶瑩水珠，顯得更加水靈美麗。

阿威又等了一會，四處張望，發現除了宅院以外的地方都是霧濛濛一片，這表示即便娟蘭小姐不是紅衣小女孩，她也絕非活人。

活人以外的便是鬼，阿威警戒起來。

他換了另一個問題：「為什麼我在這裡？」

「你醒著的時候常常被那東西干擾，讓我沒辦法跟你交流，所以我只能用這個方法。你大概覺得很恍惚吧？不斷聽見我在唱歌，真是抱歉……我把你召進夢裡，是想跟你說小花的事情。」少女停下手中的動作，眼神投向遠方。

「小花？」阿威惡狠狠地望向她：「果然是妳讓她消失的！」

「不是我喔，嚴格來說，你自己也知道，小花消失的原因是你。」娟蘭小姐的一番話令阿威像洩了氣的皮球一樣癱坐在地，是啊，沒錯，他剛才不是看見幻象中的回憶了嗎？過去他與小花之間擁有多深的牽絆，升上國中後，他就以同等程度的冷漠背叛了她。

娟蘭小姐嘆了口氣：「不過也不僅僅是你，是柳琳欣先去招惹了紅色的布，又把它帶到有人煙的地方，紅色的布跟一般的鬼怪不同，不會怕人氣，相反的還很喜歡，有人的地方就有陰影、有惡意，最佳的附身者又是像小花那樣的人，紅色的布當然很高興……」

「你說柳琳欣招惹紅色的布是什麼意思？紅色的布又是什麼？」

「柳琳欣很衝動、傲慢又輕浮，去年暑假她約了幾個朋友到卡多里樂園探險，在紅色涼亭那裡招惹了紅色的布，它虛弱的時候，喜歡待在無人煙又陰氣重的地方，也喜歡紅色的場所，柳琳欣刻意在卡多里樂園胡鬧的結果，就是被髒東西跟了。」

娟蘭小姐說罷輕輕揮手，四周朦朧的霧氣如同白色屏幕，閃現卡多里樂園情景，一群國中生在涼亭處喝酒狂歡，柳琳欣也在其中，她一直就是大姊頭，領導作亂不遺餘力，不僅垃圾亂丟滿地，還要男生站一排比賽誰尿尿尿得遠，她一面大笑一面說：「我們搞成這樣，鬼都嚇得不敢來啦！」

緊接著她像是想到什麼，從背包內拿出美工刀，醉醺醺地將自己的名字刻在涼亭的柱子上。

「哈哈，好像『到此一遊』，不過是進階版。」有人在一旁笑道。

「以後來這邊探險的人都要把名字刻在這邊，才算是有膽咧！」不知是誰也說。

柳琳欣趴在柱子旁醉得站不起來，當她好不容易起身，她的手肘彷彿沾到了油漆一樣，有一點深紅色的污跡。

畫面淡去，娟蘭小姐說：「就是這樣，所以你剛才問到的：紅色的布到底是什麼？其實最開始就只是那麼小的痕跡而已。」

「我不明白……」

「這樣說好了，人類是一種特別的存在，人的心，能夠匯聚出強大的力量，像是希望、愛、夢想、勇氣、正義等等，可是同樣的，人的心也能造出惡意，惡意……或是恐懼、嫉妒、憎恨，這些東西，會凝聚出鬼怪。」娟蘭小姐說道：「像是魔神仔、人面魚、水鬼、虎姑婆等等的，當然還有許多類似的東西，我無法全部提及，不過，你有沒有想過，鬼怪是從什麼時候誕生的呢？譬如說魔神仔是什麼時候出現的？或者為什麼出現？」

阿威搖搖頭。

「大部分的鬼怪或多或少都有歷史，大概都是從很久以前就有了，力量也有程度的區分，按照這樣的邏輯，可以說，紅色的布……或說紅衣小女孩，其實就是一種歷史不長的新鬼怪。」娟蘭小姐想了想，似乎在考慮自己的說法足不足夠清晰：「紅衣小女孩是近百年來少見的新生鬼怪，它的力量更是前所未有的強大，沒有任何東西可以跟它相比。因為它既不是鬼魂，也不是妖怪，而是一種苟活於縫隙中，由人心的惡意緩慢凝結成的純粹邪惡。與其它的鬼怪不同，並非誕生於山林、溪河海洋的精怪、或者由人類死後的靈魂變成，紅衣小女孩的誕生是人類蓄意造成的，又不像人面魚那樣參雜著動物靈的成分，紅衣小女孩擁有靈力最強的人類形體，以及被人們拋出的惡毒意念，它是第一個由人類所造，擁有人類模樣，卻完全不是人類的怪物。」

「那紅色的布又是？」

「紅色的布是它原本的樣子，龐大的來自人類的惡意匯聚起來之後看起來像是紅色的長布，所以我都這麼稱呼它，只是像它這樣的鬼怪，很奇妙的，居然需要一個真實的人類來做為肉身，它擁有特殊的生命階段，就像植物一樣，先是人類意念的種子，接著在惡意的澆灌下發芽茁壯，慢慢開出鮮紅的花朵，接下來，墜落的花瓣需要寄生到某個人類身上，才能結果。」

阿威聽了好一陣子，卻有種說不出的古怪感覺棲息在胸口：「就算妳說的是真的，妳又為什麼會知道呢？」

娟蘭小姐頓了一下，才道：「因為我一直以來都與它戰鬥著，所以我也清楚，它最喜歡怎樣的容器……你大概也猜到了，它最鍾愛像小花這樣特殊的孩子，因為一些原因，我的靈魂跟小花綁在一起，當小花出生的時候，我就看著她，我知道她很危險，她很可憐，她是紅色布最喜歡的容器，有極大的可能未來某天她會被紅色的布發現，到時候，我要竭盡全力保護她。」

「我不知道要怎麼相信妳。」阿威冷冷地說道：「如果妳一直陪在小花身邊，為什麼我們其他人都不會發現？為什麼妳明明就在小花身旁，她還會失蹤？」

娟蘭小姐清秀的臉龐第一次扯出一個嘲諷的微笑：「責怪我並不會讓你的歉疚減輕，再說你是小花的哥哥，她會消失，會失去希望被紅色的布占據身心，完全都是你的原因，至於為什麼其他人看不到我，姑且可以說是因為，我是某種類似鬼魂的存在吧。

「該如何才能讓你相信我呢？或許將我的故事簡單告訴你，你會明白吧，反正也過去很久了，再說我十分關心小花，雖然你犯下滔天大錯，讓小花失望透頂，跟著紅色的布走，但你同時也是唯一的希望，只有你才能喚回小花的心。

「你應該已經知道了，我的本名是林阿犁，你從名字就可以看出我的父母多麼不重視我，做為一個女孩子，出生就如同受到詛咒，他們希望與其得到一個女嬰，還不如得到一件耕田的農具，所以把我取名為阿犁。同時也是因為，我還活著時跟小花一樣，都被認為心智愚痴，比起人，更像一件沒有生氣的物品。」

見阿威滿臉不信，娟蘭小姐微微一笑：「難以置信吧？現在我能正常跟你說話，是由於脫離了肉身，那顆天生缺陷的人肉腦袋再也不能影響我，我甚至在漫長的時間裡學會你們現代的說話方式，我用靈魂重新學習，比曾經身為人時更聰慧，也讓我不禁好奇，到底什麼才是聰明？什麼是愚蠢？如果脫離了肉體以後人人都擁有清晰的思維，人們又有何立場歧視與自己不同的人？

「回說我的過去，因我癡傻愚闇，父母急著想將我賣掉，本要賣給屠夫一家換牛一隻，卻在路途上父母雙雙意外落水身亡，我獨自回家，從此被安上了命格奇煞，剋死父母的罪名，親戚們吵著該如何處置我的時候，趕巧附近有大戶人家正急著找童養媳，但聽說對方的兒子是個殘疾，我那些親戚就教了我幾句吉祥話，把我連夜送過去。

「那戶人家姓胡，胡老爺在外經商，不常回家，內院便由胡夫人把持，殘疾的少爺也是胡夫人的孩子，那胡夫人匆匆將我買下，不久即發現我是個傻子，我還記得，當時胡夫人曾稱我可憐，或許養大了會好一些，卻不想過沒幾天，少爺夜晚心臟驟停，就這麼去了，胡夫人悲痛萬分，又聽弔唁的人帶來街坊謠言，得知我剋死父母，是個天生的煞星，胡夫人失了兒子，再也無所謂任何，她像來自地獄的母夜叉，命人追殺我那些親戚，從此對外稱我為養女，實際上經常以火燙我、以刀割我，動輒打罵折磨，甚至曾命我獨自以布擦洗整個宅院，我就這樣長到了十四歲。

「當時的我什麼也不懂，又傻氣，自然不會反抗，我愈是無辜地朝胡夫人笑，她就愈是欺負我，可她內心滋長的怨恨始終無法消除，就在那時，我第一次看見了『那東西』。

「『那東西』就是紅色的布，最開始，它是一根細細的深紅色絲線，從宅院中的人們口中飄出線頭，在他們描述我如何罪惡、造謠我如何剋死他人時，紅色的線愈來愈長，甚至彼此交織在一起，漸漸地我發現，從胡夫人口中吐落的紅色絲線比任何人都更長也更粗，於是以胡夫人口中的線為主軸，其他的紅線紛紛靠攏，形成紅色的布。

「紅色的布像有思想一般，在發現我看得見它的時候，它隱身於黑暗，我知道，那東西就在我看不到的地方繼續成長茁壯，而我無能為力。

「我十六歲生日時，胡夫人親自來我居住的柴房，告訴我，已為我覓得良配，隔日男方就要來迎娶，因時間太趕，喜袍一時之間沒有人能做，便要我自個徹夜縫製喜袍，記得當時的我聽了欣喜萬分，一點也沒有懷疑胡夫人的用意，我當晚真的整夜縫製喜袍，由於太過專心，連有人點火燒柴房都沒發覺，我就這樣被火舌吞沒，陷入了黑暗之中……

「我至今仍依稀記得，在我失去意識之前，我手中的紅色喜袍如蛇般扭動，紅色的布不知何時成為我縫製的布料，它第一次對我說話，要我在死前與它結合，如此我就能永生不死，而它更能因為我，獲得強大的力量。

「也不知道是為什麼，但我沒答應，反而如著迷一般繼續於火中縫製喜袍，一針一線，無比專心，在那專心之中，我便聽不見紅色布的聲音，我的眼睛被煙氣迷住，我的手臂、雙腿被火焰舔舐，很痛，真的好痛，可是我的心反倒愈寧靜，或許是因為我發覺，自己的命運終於到頭了，所以我並不悲傷，反而很高興，我開始唱歌，那首我還是孩子時，曾在外頭看戲台學會的歌，想想我以前真的很笨，活了那麼久，卻始終只學會了一首歌，還唱不完整……」

娟蘭小姐說到這裡，終於安靜下來，她沉沉凝視阿威，雙眸晶亮如星。

「這就是我的故事，被火焰吞噬之後的黑暗裡，我聽見一個彷彿來自天上的聲音，那聲音告訴我，要我去守護與我相同的孩子，於是我來到小花身邊，在她剛出生的時候我就存在，我一直看著她，她的憂傷，她的寂

寞，她的怨恨，我全部都知道，而小花向來是那麼乖巧、溫柔的孩子，她也看見了我，相信了我的存在，我已經知道我的命運，我的責任，就是我要守護像小花這樣的孩子不受紅色的布所傷害。」

阿威與娟蘭小姐對視，他第一次發現自己並不瞭解妹妹，如果真如娟蘭小姐所說，小花其實一直都看得見娟蘭小姐，可她保守這個祕密，始終沒有透露，小花知道的東西，似乎並不比他這個做哥哥的少。

「如果妳說的是真的。」阿威沉吟著：「妳一直陪伴著小花，那為什麼她又會消失呢？妳不是應該阻止她嗎？」

「紅色的布擅長慫恿人心，而我能夠影響的事物很少，一旦小花內心受到巨大的傷害，就會讓紅色的布有可趁之機，一旦小花讓紅色的布進入她內心的空洞，她就再也看不見我、也聽不見我說的話了。」

阿威點點頭，這一次他真的明白了：「是因為我，對吧？因為我對小花愈來愈冷淡，甚至在她被欺負、被迫要比跳高的時候，我都沒有去救她，所以她絕望了，才會跟著紅色的布走，而妳……也無法再運用自己的影響力拉小花一把。」

娟蘭小姐沒有回答，但她的眼中流露出同情與哀傷。

「是我的錯呢。」阿威的聲音發顫：「正因為如此，我一定要找回小花，不管紅色的布怎樣占據了她的身體，我都要把她帶回來，娟蘭小姐，妳能夠幫助我嗎？」

娟蘭小姐無奈地吁出一口長氣：「我是一定會幫你的，只是事情沒有那麼容易。」

「妳告訴我該怎麼做，我一定照辦！」

「你這傻瓜，我一直都在幫你，你沒發現嗎？將你從家裡引導到卡多里樂園，是因為這裡有三個孩子，他們能夠成為最強的助力。聽好了，我接下來的話非常重要！那三個孩子之中，有一個孩子手中有某種儀器，藉由那個儀器，就算不進入夢裡你們也能跟我溝通，同時不被紅色布發現，等你醒來以後，就把這件事告訴其他同伴吧，畢竟只用夢境來溝通，實在是太麻煩了，小花現在在哪裡，我能夠稍微感知到，如果我沒猜錯，時間已經快要來不及了！使用那個儀器讓我引領你們前往小花的所在地，這次一定要阻止悲劇的發生。」

「我明白了。」阿威應諾道。

「還有，醒來之後不要再說出紅衣小女孩的名字，在我營造的夢境裡是沒有關係，但在外面，它一直在窺伺一切。」

「可是紅色的布……它跟紅衣小女孩有什麼關係呢？」

「紅衣小女孩是它的未來，而且是它力量最為強大的未來模樣，人的心對於世界萬物有深遠的影響，如果人們不斷稱呼它還未抵達的未來，無形中就會讓那個未來得到承認，變得愈來愈清晰，如果你們一定要稱呼它，就稱呼它的現在，現在的它只是紅色的布而已。」

阿威思索娟蘭小姐的話，同時周遭環繞著宅院的霧氣變得更深更濃，他的神智也逐漸模糊。

「去吧，這次不要再搞砸了。」娟蘭小姐說著笑了笑：「雖然我也沒資格說你，畢竟小花是我守護的第二個孩子。」

「等等，那第一個呢？」娟蘭小姐的言下之意是她也曾經搞砸過一次嗎？阿威想問，但他已陷入迷濛裡。

只依稀聽見娟蘭小姐飄忽的回答：「有機會我會告訴你的。」

第六章　鬼魂投影機

阿威好不容易醒來，就看見龍虎貓小隊圍著自己，Tiger正對著大夥嘰嘰呱呱地說著什麼。

「你們還記得嗎？最開始我們就是聽見歌聲，然後我的超昂貴機器追蹤著靈體訊號，才找到阿威。」

「然後呢？」金龍問。

「阿威身上有靈體訊號，這意味著什麼？我們都忽視了，就是阿威身上有靈體啊！」

「靈體……就是鬼魂吧？」喵仔顫抖地問。

「沒錯！之前我們一直在找的鬼，不管是什麼鬼，說不定就在阿威身上！」

「你們真吵啊。」阿威聽得頭都痛了，他揉著太陽穴從地上爬起身：「你們……安靜點聽我說。」

「你先坐著休息一下！」想不到Tiger猛地一把將阿威再次按到地面：「你被附身了！但你本人應該不知道，沒關係，別擔心！我，了不起的龍虎貓小隊隊長——Tiger，一定會幫助你把鬼魂抓住！」

阿威神智還有些混亂，只能不斷揮手說著：「不用、不用。」但Tiger根本不理，他從背包中拿出看上去相當古怪的儀器，有點像是電擊棒連結著心電儀，Tiger操控儀錶上的按鍵，沒多久就聽見響亮的警報聲。

「錯不了！這個鬼魂現在就在阿威身上！」Tiger興奮大喊。

「我知道她就在我身上，我剛剛還跟她見過面啊……」

「你先不要說話，讓我把鬼趕跑。」Tiger說完就拿著儀器連接著的電擊棒，朝阿威用力一戳。

「啊啊啊啊——」一股刺痛傳來，阿威眼看著又要昏過去，幸好他年紀比Tiger長，力氣也比較大，他大吼一聲推開Tiger，直把他推得跌坐在地。

Tiger有些驚恐，他結結巴巴地說：「抱歉……我不知道那會讓你這麼難受……」

「不是我……」阿威掙扎著道：「是娟蘭小姐，她在我的身體裡，你的機器……能夠傷到她。」

「娟蘭小姐？」Tiger呆呆地問。

「就是讓儀器產生靈體反應的那個鬼魂吧？」金龍冷靜地蹲下身檢查阿威的狀況：「聽你的語氣，娟蘭小姐不是傷害你妹妹的鬼？」

阿威點點頭：「帶走小花的是另一種東西，不是鬼魂，比較類似怪物。」

「這樣啊。」

「剛才我昏倒的時候，娟蘭小姐出現在我夢裡，她要我轉達，Tiger手中有一樣儀器，能夠讓她不用通過夢境也能跟我們溝通。」

「什麼？我手中有這樣的機器嗎？」Tiger大驚失色。

「不過娟蘭小姐為什麼要跟我們溝通呢？」喵仔在一旁小心翼翼地問。

阿威回想夢中古宅，還有娟蘭小姐說話時的那份急切，她是真的為小花擔心，她充滿情感的言詞，與阿威曾在監視器中隱約看到的怪物不同，阿威因此相信，娟蘭小姐真的知道小花在哪裡，而且迫切地想拯救她。

「因為娟蘭小姐可以感覺得到小花的位置，她會通過儀器引領我們去找小花。」

這一刻，龍虎貓小隊的成員全都帶著疑惑看向阿威，過了好一會，才由金龍往前跨出一步，開口問：「那個娟蘭小姐……真的可以相信嗎？」

「我昏過去的時候她對我說了很多，我會慢慢跟你們解釋，總之我相信她，不過現在時間來不及了，Tiger！可以拜託你先把儀器找出來嗎？」

「真拿你沒辦法，我就勉為其難答應吧。」Tiger嘟囔著，雙手在背包裡亂翻：「我看看……這裡有好多東西我都還沒用過呢！有自動灑鹽巴裝置、紅外線結界帳篷、電子畫符電腦、自動念咒機、鋼筆型法杖，還有……鬼魂投影機？」

「你的怪東西還真多。」金龍挑起一邊眉毛。

「欸嘿嘿嘿，大部分都是用來抓鬼的，只有這個鬼魂投影機比較特別，它可以讓被鬼附身的人身上的鬼用投影的方式顯現出來，老實說我原本以為沒屁用，畢竟人都已經被附身了，鬼幹嘛不透過被附身的人說話就好？還要顯現出真正的樣子呢？」Tiger將鬼魂投影機從包包裡拿出來，外型看起來就像金屬製成的頭盔，頭盔中心有一個白色圓孔，Tiger解釋當機器啓動，鬼魂的樣子就會從那個圓孔當中被投射出去。

「我想可能是因為有些人就算被附身了，也沒辦法讓鬼魂自由操縱身體，所以國外才會發明這種機器吧。」Tiger將頭盔戴在阿威頭上，繼續說明：「這玩意的作用最開始是通靈，你們有聽過嗎？就是一群人圍成一個圈，中間的靈媒會開始引導鬼魂降臨，整個人被鬼魂附身。鬼魂投影機就是以最新的科技模擬靈媒通靈時的腦波，吸引鬼魂附身在機器上以後，再複製鬼魂的特殊波長並以影像的方式呈現……」

「好啦好啦，你說這一堆我們也聽不懂。」喵仔有點緊張地咬起了指甲：「還是快點開始吧。」

「已經開始囉。」Tiger按下頭盔後方的按紐，阿威頓時感覺到一股熱氣散發，灼熱的感受連結到胸口疼痛處，慢慢地，他眼前無法控制地浮現在夢中的古老宅院，還有娟蘭小姐站在霧氣朦朧的院落中照顧蘭花的身影。

『你做得很好。』阿威聽見娟蘭小姐在他耳邊說：『接下來就換我上場了。』

從阿威的角度無法看清楚發生了什麼事，不過在Tiger按下按鈕的一瞬間，頭盔中央的孔洞似乎發出了彩色光芒，強烈到讓龍虎貓小隊大聲驚呼，彩色光芒隨時間過去逐漸收攏，成為一束光束，光束投射的盡頭，有個穿著白色大襟衫的少女漂浮在半空中。

「天、天啊！」Tiger結結巴巴地尖叫。

「出、出現了……」喵仔也摀著嘴無聲吶喊。

「妳就是……娟蘭小姐嗎？」反倒是金龍相當冷靜，他仔細打量面前的白衣少女，輕輕點頭：「妳不是紅衣。」

「沒錯，我不是。」娟蘭小姐感興趣地望向金龍：「你就是小李的孫子金龍？你的眼睛很像他。」

「妳認識我爺爺？」金龍不敢相信地問。

「當然，是他建議我來找你們幫忙呢，不過這個晚點再說，現在已經沒時間了！」娟蘭小姐垂下頭，看著戴上鬼魂投影機的阿威，彷彿感覺到對方的視線，阿威嘗試跟隨聲音往上看，但因為頭盔前方的孔洞投影出娟蘭小姐，所以阿威的頭只要轉動，娟蘭小姐的身影就會跟著亂飄。

「唉呀，你不要讓我一直轉來轉去的啊！」娟蘭小姐怒道。

「抱歉，我只是想看妳。」阿威不好意思地說：「但是大概沒辦法，不好意思。」

「看不到不會用耳朵嗎？仔細聽好了，小花目前正前往風動石，這是我剛才感應到的，我想紅色的布是想回到它曾經取得力量的地方，也因為那裡人煙較少，山林陰氣靈氣也比較強，它想帶小花到那兒進行最後的步驟……」

「為什麼那裡是它取得力量的地

方？」Tiger冷不防問，被金龍敲了一下頭：「你忘了跟紅衣有關的影片是從哪裡拍的了嗎？」

「喔喔喔喔！可是剛才娟蘭小姐說的是紅色的布……」

「紅色的布就是你們提到的紅衣，這只是名稱的不同，不過我還是建議大家稱那東西為紅色的布。」娟蘭小姐道。

「最後的步驟是什麼？」阿威急躁地問：「難道那東西要殺死小花？」

「比那更惡劣。」娟蘭小姐憂心忡忡：「它打算把小花變成自己的容器，如果它成功了，小花將會失去靈魂，以及過去身為人類的記憶，她會變成一個徹底的怪物，這個世界上也將再也沒有許瑤華這個人。」

「我們趕緊去風動石！」阿威吼道：「我一定不會讓小花消失！」

「大哥，你真的很有魄力，可是風動石離這裡有點遠耶，至少搭公車要半小時以上。」Tiger拍著阿威的肩膀，有些無奈地說。

「我們還有其他交通工具嗎？這個時間不會有公車。」喵仔也急得團團轉。

「不然，再去請珠珠姐幫忙吧。」金龍最終如此建議。

眾人轉身返回便利商店，彼時珠珠還哼著歌盤點貨品，回過神來就發現自己被照顧的那群孩子團團包圍。

「怎、怎麼了嗎？地瓜不夠吃？」珠珠慌張地問。

「不是的，珠珠姐，我們剛剛得知有個同伴碰上麻煩，被壞人抓去風動石風景區，不知道妳能不能幫幫我們？」由於說出真相對方八成也不會相信，為了減少麻煩，金龍與其他人討論出這個說法。

「欸？欸欸欸欸欸？」珠珠像是被嚇住了，一臉震驚地發出怪叫：「什麼？你們的同伴？被抓走？」

「對，珠珠姐有交通工具嗎？最好是汽車，能夠載我們所有人過去。」

一團混亂的珠珠開始語無倫次：「可是可是可是……載所有人嗎？會不會超重？」

金龍在心中吐槽著「重點不是這個吧？」同時對其他人使眼色，於是看起來最柔弱的喵仔開始淚光閃閃地望著珠珠，Tiger也哀傷地看著珠珠，再加上阿威本來就筋疲力盡滿是絕望的雙眼，讓珠珠頓時無法承受：「天、天啊！你們這些小孩子實在是太可愛啦！不要這樣看著姊姊我！」

一群孩子眨巴著無辜的大眼睛，可憐兮兮地望著自己，珠珠頓時什麼主意都沒了：「再怎麼說，這種事情都應該要先報警吧？」

「壞人說報警就要撕票。」喵仔眼眶泛淚。

「欸欸欸欸欸？」

「報警也沒問題，警察有正氣，說不定幫得上忙，但不要讓他們太快過來，小花目前正處於很敏感複雜的階段，要是一個弄不好，紅色的布又會溜走，甚至直接帶著小花消失，到時候，警察只會把你們抓回警局，再通知你們的家人。」娟蘭小姐在一陣炫光中躍入半空中，在眾人上方一面飄飛一面說道。

「那樣太糟糕了！絕對不要！」Tiger哀號。

「等等等等……這個正在半空中說話的女孩子是？」珠珠已經眼花撩亂，眼看著就要發瘋了：「哈哈哈哈，難道是我值夜班值太久，已經分不清楚現實跟幻覺了嗎？」

「珠珠姐，這個是最新的AI智慧人工少女，可以用於導航，有點類似Siri，或者ChatGPT，只有像Tiger這樣宅到不行的傢伙才會買來玩，不是妳精神有問題。」金龍條理清晰地解釋著：「不過壞人綁走我們朋友的事情是真的，妳要報警也行，但現在沒時間說這些了，我們需要妳開車載我們去風動石，到時候路上再打電話報警也不遲，我們現在就得趕緊出發，拜託了！」

「可、可是我沒有車啊……不過我們店長有車……」珠珠有些恍神地說：「難難道……我要偷車嗎？我只是一個小小的便利商店店員啊……」

「妳知道妳們店長的車鑰匙放哪嗎？」阿威問。

「這倒是知道……」

「那就走吧！」

一陣兵荒馬亂之後，珠珠不太明白自己怎麼就偷了店長的鑰匙，怎麼就跟著一群孩子坐在汽車裡，她握著方向盤的手不斷顫抖。

龍虎貓小隊擠在後座，而阿威坐副駕駛座，珠珠滿頭大汗地盯著後照鏡，整個人看起來非常不好。

「珠珠姐，怎麼了？出發啊！」

「你你你你們……我是有駕照沒錯，但考完以後再也沒開過車……嗚嗚……」

「不管了！反正發動就對了！」阿威見過父母開車，趕緊幫珠珠啓動引擎，放下手剎車，再迅速換檔，珠珠眼裡流下驚恐的淚水，就這樣將車開上大馬路。

「嗚嗚嗚……」隨著汽車狂飆在早晨的陽光裡，珠珠忍不住啜泣：「我只是一個普通的便利商店店員……」

其他人並不理會珠珠的崩潰，只是彼此討論著事態可能的走向，以及找到小花之後的解決方法。

喵仔的臉緊貼窗戶，似乎對於整件事感到不可置信，金龍則依舊在手機上打著長串文字訊息，完成後發送給不曾再已讀的爺爺，Tiger翻弄著背包裡的儀器，自言自語使用方法，至於阿威，他在心中一遍又一遍呼喚小花的名字。

「娟蘭小姐，小花不會有問題吧？她現在還好嗎？」過了不久，阿威再也忍無可忍地對著空氣中的鬼魂投影詢問道。

娟蘭小姐搖搖頭，沒有作答，老實說以她的感應，小花現在狀況極差，也許再晚一點就會萬劫不復，可是儘管如此，她還是想懷抱希望，因為小花是那樣溫柔的一個人，她既溫柔，又堅強，一定不會輕易被紅色的布占據身心。

「她不會有事的。」不知道是在對阿威說話，還是對自己，娟蘭小姐回憶著與小花的過去，口中不斷輕聲重複：「她不會有事的。」

第七章　兄妹情誼

小花一直以來都不是一個人。

小時候，她第一次跟爸爸媽媽說起自己的「好朋友」是一個穿著白衣的女孩子，他們都笑她，笑著笑著，爸爸媽媽又紛紛抱著她哭起來，小花從來就不曉得是為什麼。

她的好朋友叫做娟蘭，從小花有記憶以來就待在她身邊，娟蘭笑容和煦，個性甜美溫柔，對小花來說就像大姊姊一樣，讓她忍不住想依靠。

「娟蘭，為什麼別人都看不見妳呢？」小花有一天忍不住問：「之前有不認識的叔叔阿姨看到我在跟妳講話，就說我腦袋有問題，可是妳明明就在這裡……」

小花看起來很難過，這讓娟蘭的心也微微疼痛起來。

「因為別人真的看不見我呀。」娟蘭輕聲解釋：「小花是特別的，我是上天派來小花身邊的守護神，當然只有小花看得見我囉。」

聞言小花露出困惑的笑容，娟蘭也回以微笑。

她還記得第一次看到小花的時候，一個剛出生的小女嬰，被父母與哥哥環繞，彷彿未來也將如此幸福、備受呵護的度過一生，只有娟蘭從中看見了自己的過去，也看見這個孩子逐漸成長以後，即將展現出的缺陷與問題，屆時她的家人會怎樣對待她呢？會像娟蘭的父母一樣想把她賣掉？或者像另一個孩子的父母想把孩子送走，讓她在深山裡自生自滅？抑或是娟蘭想像不到的另一種方法——將她如一般的孩子那樣悉心照顧，甚至給予更多的愛？

娟蘭在看見小花的一瞬間，突然產生了某種疑惑，到底來自天上的聲音許諾給她的，是嶄新的機會還是咒詛？畢竟她實在不能夠再看著一個與自己命運相似的孩子被殺害、被賣掉，而她所能造成的影響是那麼的小，她只能與受保護的孩子說話，也只有那孩子能看見她、聽見她。

『可是如果這是我的職責，我會繼續承擔，不論未來有多麼絕望悲傷。』娟蘭喃喃自語。

挽回不了孩子的命運，永遠必須眼看著孩子走向悲劇，沒有任何阻止的方法，然而，娟蘭擁有一項唯一的武器。

就是她自己。

在孩子被誤解、被欺負的時候，她會站在她們身邊，用溫暖的言語鼓勵，用溫柔的懷抱安撫，讓這些孩子知道她們是如此特別，值得她的陪伴與照料。

所以當小花被診斷出有輕度智能障礙，智力測驗成績在六十分左右，她的父母面無表情聆聽醫師的說明，娟蘭感到如同置身冰窖。

又要發生了，這孩子又要被放棄了……她一面想一面抱住雙臂。要怎麼辦才好？小花的父母只是開小吃店的，他們接下來大概連跟小花解釋都懶，為什麼悲劇總是不斷重演？為什麼上天給了她陪伴這些孩子的機會，卻讓她只能做個旁觀者，無法實際給予幫助？

就在小花的父母走出房間時，娟蘭本已做好最壞的打算，卻沒想到，坐在外頭等待的小花正在跟哥哥阿威玩遊戲。

「小花的餅乾藏在餅乾盒裡。」

「不是我！」

「就是妳～」

「不可能！」

「那是誰？」

「哥哥的餅乾藏在餅乾盒裡。」

他們玩著餅乾盒的遊戲，只有兩個人玩所以難度不大，不過幾次下來為了增加難度讓遊戲更有趣，阿威加入了與小花一面拍手一面念誦的規則。

一開始小花顯得有些吃力，可是阿威笑著鼓勵她，一次又一次，無論失敗多少次，阿威總是不失耐心，或者溫柔的取笑她：「呦，很慢喔」、「這樣才叫做反應靈敏啦！」小花皺起眉頭，看起來無比的專注認真，於是到了最後，他們又如最開始那樣順暢地玩餅乾盒遊戲，只是這次加入了拍手的動作，同樣也十分流暢。

娟蘭起先著迷地看著兄妹兩人的互動，一會兒後才驚覺小花的父母也正看著，她回頭，便見小花的爸爸媽媽彼此擁抱、眼中含淚，凝望兄妹倆逐漸趨於同步的遊戲。

「有阿威在就沒問題。」小花的爸爸輕聲說。

「是啊，根本用不著擔心。」媽媽也擦去淚水，笑著回答。

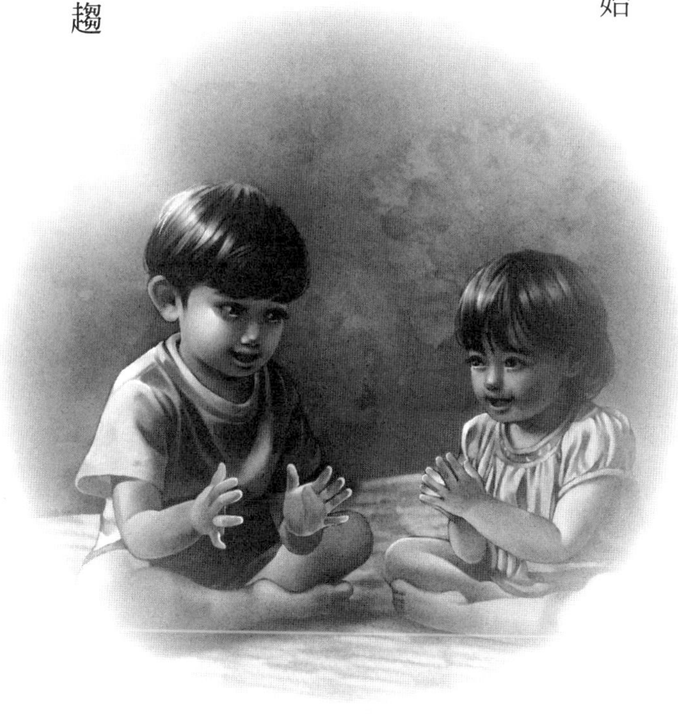

他們帶著兩個孩子回家，一路上，娟蘭都帶著激動的喜悅跟隨，她想這一次或許會不一樣，不，一定會不一樣！畢竟小花有這麼好的哥哥。

之後阿威與小花的父母曾經找時間分別跟兩兄妹單獨說話，他們對阿威說了完整的事實，小花有智力障礙，阿威聽到的第一個反應是搖頭表示不可能。

「小花說話都很正常，才不是智障！」彷彿無法接受妹妹與一般人不同，起初阿威拒絕相信事實。

在爸爸媽媽的耐心說明下，阿威才稍微明白智力障礙有分輕度、中度與重度三種等級，在人數上以輕度最多、中度次之，重度最少，而小花屬於人數最多的輕度智力障礙，大約占智力障礙者的百分之八十，她有基本應對的能力，說話表達方面也幾乎與正常人無異，但日常生活的學習要比一般人花上更多力氣，譬如用家裡的鑰匙開鎖，就需要反覆練習許多次，才能跟阿威一樣熟練。

「既然這樣，以後小花就不用開鎖了。」阿威聽了發下豪語：「以後她要去哪裡我都帶她去，幫她開門，她就不用自己開門了。」

兩人的爸媽聽了哭笑不得：「學習平常生活的技巧對小花來說是很重要的功課，如果你一直幫小花開門，哪天你不在的時候要怎麼辦？」

「為什麼我會不在呢？」阿威不解地問。

「這個嘛……」

「我會永遠在小花身邊。」阿威拍胸脯保證：「不管小花要去哪裡，我都會陪著她！」

阿威的一番話自然是讓爸爸媽媽很欣慰，不過他們也知道，小花未來的生活要平安順遂沒有那麼容易，有家人的支持固然會讓一切輕鬆一些，但還有來自外界的殘酷影響，譬如學校，這是他們最擔心的部分。

「與其送小花去讀特殊教育學校，還不如安排在跟哥哥同樣的國小、國中。」爸爸在查詢了相關資料後得出結論。

「有阿威就近照顧比什麼都好，再說如果送小花去念特殊教育，不就表示我們女兒真的跟一般人不一樣？」媽媽懷中抱著正在打瞌睡的小花，做母親的打從心底不願相信女兒與其他人不同，甚至是比別人差⋯⋯

「小花跟別人不一樣。」爸爸卻堅定地說：「認清楚，我們才能幫到她。」

媽媽撫摸小花的臉頰，忍住哽咽後點點頭道：「一般的國中也有資源班，學校的老師也會幫忙，一定不會有問題的。」

「嗯，一定不會有問題。」

娟蘭靜靜在一旁看著、聽著，直到小花醒來，爸爸媽媽也試圖對她解釋之前去醫院的原因，以及檢查後的結果，但小花不怎麼明白，只知道自己「和別人不同」。

「那不就是跟⋯⋯跟娟蘭說的一樣？」小花開心地說：「我很特別！」

「沒錯，妳很特別。」媽媽又忍不住流淚，緊緊抱著小花說：「妳是我最特別的孩子，我最愛的小花。」

爸爸也摸了摸小花的頭，笑著不說話。

娟蘭可以感覺到此時此刻的小花無比幸福，她的心堅強又通透，沒有任何空隙可以讓壞東西介入。

這次絕對可以……娟蘭接收到小花快樂的視線，在房間彼端對她揮揮手，同時意識到，自己的存在就是證明小花很特別的最強力證據。

不僅僅是哥哥，我也會一直陪在妳身邊。娟蘭以只有小花才聽得見的細柔聲音對她說。

國小一年級到二年級小花還勉強可以應付，直到三年級，她的課業已經很難跟上班上的其他人，不知從何時起，班級裡也流傳起小花是智障的耳語。

「智障就是白癡～白癡白癡大白癡的意思哦！」一些過分活潑的男生開始聚集在一起對小花惡作劇，似乎想測試她是不是真的智能有問題，見小花不反抗就變本加厲，說她真的是白癡，以後她的綽號就叫「白癡阿花」。

「我不是……不是……白癡。」小花一個字一個字用力地說。

「哦？白癡敢反抗了喔！」他們藏起小花的鉛筆盒、作業簿，用泥巴丟她，幾次下來，小花再也忍不住放聲大哭。

小花班上的老師決定班會時間來處理這件事，然而阿威聽聞之後，在中午午餐時間獨自到小花班上找那些欺負妹妹的人。

阿威是四年級的，比三年級的小男生高了一點，他一手一個推倒愛欺負人的男孩子，站在教室中央對其他人說：「許瑤華是我妹，你們誰敢欺負她！」結果這件事鬧到了校長那裡，欺負小花的男生家長，以及小花、阿威的父母都被請到學校，阿威首先被爸爸媽媽壓著頭要求向他推倒的那些小男生道歉，可是阿威堅持一言不發，小男生們的家長自知有錯在先，命令自家孩子向小花道歉，這才讓阿威態度軟化，他支支吾吾地對小男生們說：「推倒你們是我不對，但小花是我妹妹，你們誰敢欺負她，我絕對……」

「你還敢威脅別人？」爸爸敲了阿威的頭一下：「人家做錯事，你也跟著錯嗎？以暴制暴不能解決問題。」

「許先生，沒關係的，是我們家小犬不對，來，再向瑤華妹妹說聲對不起。」小男生的家長們不完全都是好說話的類型，但看見阿威小小年紀就為了保護妹妹佯裝出張牙舞爪的模樣，個個都忍俊不禁，也感嘆自家孩子若是有兄弟姊妹，都希望能如此互相維護。

小男生們排成一列對小花鞠躬，同聲道：「許瑤華對不起！」

回想當時畫面，娟蘭覺得國小時的紛爭與歧視最容易處理，因為孩子們無論是霸凌者或被霸凌者，年紀都還小，就算吵架也容易和好，單單是讓欺負方向被欺負方道歉並不能完全解決問題，所以班級導師又利用了週三的班會時間為同學們解釋智力障礙的程度分級，以及智力障礙者在情感上跟大家都一樣，被嘲笑會哭泣，被傷害會疼痛，感到開心的時候會笑。

「所以說，跟大家並沒有不同。」老師仔細地說明道：「假如依照智力去區分人們的價值高低，那老師一定比你們聰明，我是不是也可以叫你們白癡？」

「不行啦。」原先欺負過小花的男生大聲說：「因為你是老師！」

「沒錯，那你是不是也可以當課程小老師，協助小花的功課呢？」老師笑嘻嘻地說，小男生這才發現上當了。

「我不要啦！」

「你小心喔，要是再弄哭小花，小心他哥哥從四年級跑來打你。」其他同學笑成一團，小花也笑了，老師則強調：「打人是不對的，如果小花的哥哥真的跑來打你，老師也會懲罰他。」

「哥哥人很好，不會打你。」小花輕輕說：「沒關係，別害怕。」

不知為何，小花單純的笑容讓小男生臉微微一紅：「我、我才不害怕呢！好啦，我會幫許瑤華啦。」

娟蘭有些驚訝地發現，時代真的改變了，過去被認為是詛咒、命格不好的傻孩子，到了現今居然有如此清晰的名詞解釋，甚至連如何更精細地對待他們、給予特殊教育，都有一套先進的方法。

如果我也活在這樣的時代，是不是就不會過得那麼悲慘呢？娟蘭不禁想，直到看見放學後阿威牽著小花的手回家，她才搖頭苦笑。

她無法像小花那樣幸運，畢竟除了時代不同以外，小花還有著一個最棒的哥哥。

「小花，最近上課都沒有人再欺負妳了呢。」趁著某次小花獨自在畫美術作業，娟蘭湊近小花說。

小花還沒開始上學時娟蘭常常找她玩耍，但小花升上國小以後，為了不讓小花與自己說話的模樣被看見，引發更多的誤解，娟蘭盡量減少在她面前出現的時間，為此，娟蘭找了個藉口，就說是小花長大了，也要學會跟其他人玩耍才行，不過即便小花看不見娟蘭，她也保證自己依然在小花身邊。

「因為哥哥幫我的忙。」小花嘿嘿地笑了，隨後又皺起眉頭，像是努力在思考：「可是爸爸媽媽說，哥哥不能再幫我了。」

娟蘭噗哧一笑：「他還是可以幫妳，只是之前的方法不對。」

「娟蘭那時候有在嗎？」小花可憐兮兮地撒嬌：「妳好久沒出現，我想妳。」

「我也想妳。」娟蘭柔柔地說：「我們是最好的朋友，也是永遠的朋友。」

說完，娟蘭伸出小指。

「打勾勾。」

「打勾勾？」小花問。

「打勾勾約定永遠不會分開。」娟蘭的小指勾住小花的小指：「打勾勾完還要蓋印章呦。」

「娟蘭會一直在嗎？」

「會，因為小花是特別的。」娟蘭保證。

「特別的。」小花有些得意：「我是特別的。」

「特別的小花在畫什麼呀？」娟蘭指著圖畫紙上的人像：「長得好醜，像隻小豬。」

「我畫的是哥哥啦！」小花惱羞成怒，將圖畫紙迅速收到懷中。

「嘻嘻，別害羞嘛，小花畫得很像呀。」

「妳……妳剛才明明，說我畫的是小豬。」

「因為阿威長得像小豬。」

「才不像！」

兩人又鬧又笑，當時娟蘭不知道，阿威升上國中之後兩兄妹的關係將會發生天翻地覆的變化。

第八章　小花的願望

後來直到小花升上國小四年級、五年級、六年級，班上都沒有人再捉弄她，而阿威則在小花六年級時升國中，娟蘭本以為兄妹倆的關係不會改變，或許阿威剛進入國中時沒有變化，但過了幾個月，娟蘭卻漸漸發現阿威眼神變得陰鬱，整個人也瘦了。

「哥哥好像在學校被人欺負了。」小花低著頭說：「跟我一樣。」

「從最大的變成最小的，很容易就成為目標……嗎？」娟蘭仔細觀察阿威的行為，他在家裡依然很照顧小花，也會幫爸媽盯小花的作業，可是他眼中的光彩逐漸消失，隨著小花進入學期末，即將要國小畢業了，阿威顯得更加憂心忡忡。

是不想要小花讀跟自己一樣的國中嗎？娟蘭猜測，可是為什麼呢？

直到小花真的在爸媽的安排下進入與阿威同樣的國中就讀，娟蘭才了解原因。

由於阿威自己正處於被霸凌的狀態，他根本無法分神幫助一入學就受欺負的小花，他不像在國小的時候可以輕易出手教訓傷害小花的人，同儕之間的人際關係也比國小時更加複雜，不是叫霸凌者簡單道歉一句就可以解決。

升上國中之後，阿威也進入了青春期，他感覺自己的內心不再如國小時單純了，他變得怕東怕西，怕被嘲笑，怕沒有朋友，怕成績不好被說是笨蛋，也怕被老師責備。不過在小花入學後，他才發現自己最害怕的是……失去尊嚴。

小花雖然在常態分班的制度下與其他同學分在同樣的班級，但有些時段會到其他教室上資源班的課程，所以其他同學很快就認知到小花和自己不一樣，她的智能有問題，很快的消息傳遍全班，從此體育課分組沒有人願意跟她一組，班上幾個不太友善的女生甚至會故意找她麻煩。

這些事情阿威都看在眼裡。

可是他再也沒有站出來替妹妹說任何一句話。相反的，娟蘭有時甚至會聽見阿威獨自一人時喃喃罵著：「怎麼那麼笨，有夠丟臉……」說的就是小花。

阿威的態度也改變了，原本將小花當成最疼愛的妹妹，甚至堅信她與一般人沒有不同，卻在幾次阿威對妹妹態度冷淡後，發現妹妹依然笑著回應他，阿威失望地意識到小花真的是個智障，不管他是溫柔地對待妹妹，還是冷漠地對待她，小花的反應都不會有任何不同，假如是這樣，自己為什麼要對她好呢？

於是連在家裡，阿威也不再教小花寫作業了，小吃店裡爸媽為兄妹倆騰出的寫作業座位，如今只剩下小花一個人埋頭苦寫，而阿威經常獨自待在房間裡，為隔天的上學日痛苦萬分。

阿威的同學開始拿小花是他的妹妹這件事來笑話他，這是阿威最不能忍受的。

某一天，小花跟阿威準備要上學，阿威刻意想錯開跟妹妹一起進校門的時間，於是率先出發，由於太匆忙忘了跟媽媽拿午飯錢，媽媽只好將午餐錢交給小花，請小花中午休息時幫忙把一半的錢給哥哥。

小花為了不忘記這件事，整個上午都在喃喃唸著要把午餐錢給哥哥，中午午休時，她立刻前往阿威的班級，站在教室外喊著阿威。

其他同學看見一年級的小花來找哥哥，又不知分寸地在教室外大喊「哥哥！哥哥！」紛紛聚在窗邊嘲笑她，簡直讓阿威無地自容，他假裝沒聽見小花的呼喊，把頭埋在手臂裡裝睡。

小花叫了幾次，正想著哥哥怎麼都不理她，這才意識到自己只是叫著哥哥，或許阿威以為是在叫別人呢，她於是開心地大喊：「許耀威！許耀威！我拿午餐錢給你！」

這次連名帶姓地叫阿威，讓聚在一旁的阿威同學笑得更歡，還忍不住慫恿小花：「叫大聲一點，這麼小聲他怎麼聽得到？」結果小花真的愈喊愈大聲，喊到訓導主任都捧著便當盒衝過來怒喊：「是在吵什麼吵？」

阿威只能硬著頭皮走出教室，他的臉脹得通紅，看見小花那張單純無憂的笑臉，頓時無名火起，居然就這麼對小花咆哮：「妳給我滾！」

小花顯然被嚇到了，她愣了一下，囁嚅道：「可是……午餐錢……」

「滾啊！」阿威再度怒吼，小花的笑容僵住了，經常表現出快樂的五官迅速皺在一起，眼淚撲簌撲簌地從憋緊的眼眶裡擠出來。

「唉呦，你把人家弄哭了啦。」某位在窗邊湊熱鬧的同學調侃。

「耀威，她只是來給你午餐錢。」一個好心的女同學試圖跟阿威說明，但阿威怎麼會不曉得呢？事實上他在發洩地大吼後立刻就後悔了。

他怎麼會覺得不管怎麼對待小花，都不會有差別呢？

就算小花真的不在乎，他也是在乎的。

阿威一手抓著胸口。

就像現在，他覺得心好痛。

就算小花面對他的無理怒火，她依然會微笑，阿威也不認為自己可以單方面對小花發脾氣。

他就是辦不到……那是他曾經發誓要陪伴一輩子的妹妹啊！

阿威想去找小花，對她道歉，可是他剛這麼想，以狸貓為首的那些同學們又圍過來笑他：「原來那就是你的智障妹妹喔？長得滿可愛的嘛。」

「吵死了。」阿威低語。

「你說什麼？」狸貓問。

阿威握緊拳頭，目光盯著下方，從一數到十。

直到午休時間結束，阿威都沒有去找小花。

娟蘭看著這一切，嘆了口氣，難道小花的命運並不會有所不同？突然間，一種熟悉的感覺襲向她，娟蘭抬起眼眸，銳利的視線搜尋阿威的教室，她發現剛才那些嘲笑小花的人嘴邊都掛著深紅色的絲線。

娟蘭大驚失色，陷入了前所未有的驚慌，她迅速飛向天空，尋找著小花的身影。

那天稍晚，娟蘭在廁所找到小花，她苦勸小花趕緊回家，不敢告訴她，紅色的布已經找上門來。

「娟蘭……好像有人，在對我說話。」小花不安的眼睛透露出恐懼。

「什麼？說了什麼？妳可以告訴我嗎？」娟蘭急切地問，但小花只是渾渾噩噩地搖頭。

回家的路上小花都很安靜，無論娟蘭問什麼，小花都沒有回答，這讓娟蘭感到惶恐。

當她們終於到家，娟蘭眼看著小花安安靜靜地穿過小吃店，走進位於二樓的神明廳，娟蘭擔憂地跟上前去，本以為小花要稍作休息，沒想到她卻打開神明廳的窗戶，探出顫抖的雙腿坐在窗邊。

『不要！』娟蘭摀住嘴，差點失聲驚呼。

是紅色的布！紅色的布已經入侵小花受傷的心！

可是該怎麼辦？要怎樣才可以讓小花不要傾聽那東西的聲音？

這天風大，小花的身體在晚風中搖晃，娟蘭看見小花正無聲地哭泣，雙腿在半空中踢來踢去。

「小花，不要做傻事。」娟蘭漂浮在一旁，盡量用克制的語氣說，儘管她其實擔心得快瘋了，作為鬼魂一般的存在，小花若是不小心掉下去，娟蘭沒有任何辦法救她。「不管那個聲音說什麼，不要聽進去。」

「我……不……」小花皺著臉哭出來：「可是，它說的沒錯……沒錯啊，爸爸媽媽為了我那麼辛苦，哥哥……哥哥也很痛苦……因為小花的關係……小花，或許不要存在，比較好。」

「不是這樣的！」娟蘭終究還是無法控制情緒的大喊：「不是這樣！大家……大家都很愛小花……」娟蘭一面說，一面感覺到臉龐上有透明的液體跟著流下來，她不曉得過了這麼多年，原來她還有哭的能力。

可是她說的分明是個謊言，她非常清楚，小花就跟自己一樣，逐漸被家人放棄，紅色的布就是利用這一點，它想要毀滅小花的肉體和心靈，再用自己的力量重建成可以棲身的容器。不論她想到什麼勸慰小花的話語，都遠比紅色的布說出的真相更蒼白無力。

「娟蘭是在騙小花吧。」小花吸著鼻子，笑了起來：「我雖然笨，但我知道。」

娟蘭搖頭，她不希望小花這麼想，可是要用什麼方法才能阻止她？阻止紅色的布？娟蘭用力抹去臉上的淚水，她不知道該怎麼辦才好，就在這時，她感應到阿威剛回到家裡，而爸爸媽媽準備讓小吃店營業了。

像是有一道無形的光束，靜靜投射在那張小花曾與哥哥一起做作業的桌子上。

娟蘭揮了揮手，她們身下的建築忽然變得透明，小花閉上眼睛，以為就要摔落地面，可是娟蘭握住了她的手，給予安撫：「別怕，我只是讓妳看見原本看不見的東西。」

小花小心睜開眼睛，她看見爸爸媽媽忙碌於小吃店的身影，他們見有客人往小花與阿威寫作業的桌子走去，連忙說：「人客歹勢！角落的位子不要坐，那是留給我兒子女兒寫作業用的，感恩啦！」

此時阿威像是聽到了父母的聲音，也趕緊帶著書包坐上座位，他的表情充滿愧疚，雖打開書包，拿出自己的功課，卻始終望著小花不在的空位發呆，一個字也寫不出來。

「哥哥……」白天在學校的衝突，讓小花此刻有點害怕阿威，可是阿威的表情太過悲傷，令小花不自覺的心痛。

「阿威一定也很愧疚。」娟蘭輕聲說：「我敢打賭，妳一下樓他就會跟妳說對不起。」

小花有點難為情的笑了。

「還有爸爸媽媽，特別幫你們留那個位子，是為了在工作的時候還可以看著你們吧？」

小花沒有回答，但點了點頭。

「大家都很在乎小花，如果妳突然掉下去，他們會非常傷心。」最終，娟蘭不著痕跡的提醒道。

「是……是嗎？」

「而且二樓是摔不死的呦，頂多腿斷掉，會很痛很痛喔。」

小花顫抖了一下，娟蘭再也無法忍受，她衝上前抱住小花。

「我也會很傷心。」娟蘭眼角還殘留著淚痕，但她不想讓小花看見：

「妳看，像現在這樣抱著妳，妳也沒有任何感覺，如果妳真的掉下去了，我根本無法拉住妳……求求妳，不要聽那個聲音說的話，求求妳……」

小花試著撫摸娟蘭靠在自己肩上的頭髮，但確實，她什麼也碰觸不到。

「娟蘭……為什麼這麼關心我呢？」

娟蘭發出小小的哭聲。

「我不想再讓守護的孩子死掉了。」

「娟蘭。」小花愣愣地問：「妳曾經守護過別的……像我這樣的人嗎？」

娟蘭先是安靜不語，但逐漸的，她無法按捺排山倒海而來的不安與羞愧，加上剛才以為小花要跳樓的驚慌，她終於宣洩般的開口：「對，那是我剛被關在柴房裡焚燒後不久，我整個人陷入黑暗之中，可是，思緒卻前所未有的清晰，不像還在肉體裡時，覺得思考很困難，那時候，有個聲音從上面傳來，告訴我，要我去守護特別的孩子，我答應了，然後……我就來到一棟白色的屋子，我發現我有半透明的形體，可以到處飛來飛去，不像在黑暗裡動彈不得，我聽見白色屋子傳來嬰兒的哭聲，於是飛了進去，我看見她……那是我第一個守護的孩子，我很高興，我知道她跟我一樣，同時我也為她難過，因為她的家人在未來，可能將不會愛她。

「那個孩子也是天生愚痴，也跟我想的一樣，她的家人對於生下這樣的孩子感到痛苦，尤其是父親，甚至開始憎恨她，她的母親儘管愛她，卻不得不聽從丈夫的命令。

「某日，她的母親為她穿上全新的紅色套裝，紅色的上衣，紅色的褲子，這是她唯一能做的，對丈夫的反抗，我知道她的母親心裡想著，讓孩子穿上鮮紅的衣服，或許就更容易被人發現，也或許就會有人救她，可是這依然改變不了她的命運，她的父母帶他上山，把她丟在深山裡，任她自生自滅。

「她穿著紅色衣服，理當非常顯眼，可是那個地方太荒涼了，以至於從來沒有人發現她，當時幸好還有我陪伴在她身邊，我替她找食物，找遮風避雨的地方，隨著時間過去，我擔心的事發生了……紅色的布找到了她，我記得那東西，那惡意，就是在我小時候，附在照顧我的胡夫人耳邊細語的怪物，我很熟悉，我知道如何與它戰鬥，這就是我的命運，我必須要做的事……我要從那東西手中保護孩子，有朝一日徹底毀滅它。

「雖然我很清楚該如何阻止那東西，但，紅色的布擁有比我更強大的力量，它在她耳邊訴說殘酷的話，就像妳現在聽到的那些話一樣……」

「然後呢？」小花顫抖地問。

「我費盡全力阻止那東西，我想保護孩子，可是她的父母在她心中留下的創傷太深了，那份被遺棄的痛苦、被詛咒的身分，都讓她心力交瘁，更形成那東西的力量來源，於是有一天，紅色的布贏了，占據了她的身體。當時，紅色的布取得力量以後，想要離開山到有人煙的地方，如此才方便作亂，便附在孩子的身體裡跟著一群來登山的觀光客打算離開。

「她……沒有讓那東西得逞，她始終抗拒著，可是傷害是那麼的大，然後……然後她強行讓身體遠離那群觀光客，走到懸崖邊，她無聲對我說了謝謝，在我還來不及阻止的時候，她帶著紅色的東西一起跳下懸崖。

「紅色的布從此應該就毀滅了才對，卻不想，那群觀光客原來是一整個家族，同時他們還有將登山的過程錄影，他們看見了影片中穿紅衣的陌生孩子，也不知道為什麼，或許紅色的布沒有死，它在其中搧風點火，悄然影響事物運行的軌跡，總之他們把影片寄給當時有名的靈異節目，讓台灣眾多觀眾為之瘋狂，甚至給了她一個名字『紅衣小女孩』，這樣的作法，形同為紅色的布形塑一個看不見的容器，那本該死絕的怪物，就這麼活了。

「它活著，但仍然在尋找真正的肉身，不過這一次它會更加容易，因為藉由那個靈異節目跟網路上傳播遙遠的影片，它再也不可能死了，只要還有一個人記得它，記得『紅衣小女孩』的模樣與名字，它就會一直存在，等待有一天，它能與特別的孩子結合，奪走對方的肉體，成為真正的紅衣小女孩。」

「所以，小花是新的肉身嗎？」小花望著娟蘭滿是淚水的臉龐，悄聲問：「那個在廁所裡對我說話的聲音，就是紅色的……布？」

「對。」娟蘭急切的告知：「所以不要聽它的話，不管它說什麼，小花都要相信自己是被愛的，爸爸、媽媽、哥哥……還有我，我們都很在乎小花，妳的心靈單純又溫柔，不是它的溫床！」

「我知道。」小花伸手摸摸娟蘭的手，儘管實際上她什麼也摸不到，為了讓娟蘭放心，小花慢慢從窗邊爬回屋內，安全地坐在塑膠椅上，並對娟蘭露出微笑：「我可以感覺到。」

娟蘭這才放鬆下來，她也飛回屋裡，緊靠在小花身邊，與小花一同凝視窗外。

夕陽緩緩沉落，天邊的雲彩幻變橘黃色調，顯得無比美麗，底下傳來爸爸媽媽做生意的招呼聲，小花的眼神再次折射出光采。

「娟蘭，我有一個願望。」小花堅定地說：「我希望大家都可以獲得幸福。」

「很棒的願望啊。」娟蘭說：「只要有小花，爸爸媽媽、哥哥都會很幸福。」

「不是。」小花的臉再次皺了起來：「照顧小花，不是幸福，幸福是……小花想要，小花希望，可以自己做事情，可以自己用鑰匙，打開鎖，想要學會掃地，想要學會綁鞋帶，想要學會做飯，想要學會坐公車，想要學會除法，想要不靠任何人，小花想要自己一個人，想要自己就能做所有的事情，自己生活。」

剎那間，小花圓胖的臉望向娟蘭：「小花也希望，娟蘭可以幸福。」

幸福？娟蘭愣住了。她從被關在著火的柴房裡那一刻，就沒有了幸福，雖然她覺得，沒有幸福也沒關係，在她身陷黑暗裡時，有個聲音告訴她，要讓她去守護特別的孩子，她不曾憎恨，不曾傷害他人，於是上天給了她機會，讓她以這樣的形態存在於人世間，可是到了後來，她才發現自己要對抗的邪惡如此強大，她失敗過一次，讓曾經的那個孩子墮入山谷，從那之後，她就不認為自己有資格獲得幸福。

那些還正常活著的人才值得擁有幸福，而她，只要全心全意守護這樣的可能性就好了。

她原本是這麼想的……

可是小花，善良單純的小花，卻對她說希望娟蘭也能幸福。

「小花，謝謝妳。」娟蘭纖細的手摀著臉，雙頰浮現快樂的紅暈，她的眼中蓄積淚水，閃閃發亮：「謝謝妳，妳是第一個對我說這話的人，我好開心……可是妳大概不知道，可以跟妳一直在一起，就是我的幸福。」

「真的嗎？」小花有點不好意思：「娟蘭真的想要跟小花永遠在一起？」

「當然了。」娟蘭全心全意許諾：「小花的心願，我也要幫忙實現。」

第九章　風動石危機

如果小花的願望可以成真就好了。後來，娟蘭總是這麼想。

阿威對小花道歉，兩人擁抱彼此，是那一日的結局。然而真正的結局不總是美好，尤其學校內同學對小花的霸凌並沒有減輕。

阿威的道歉言猶在耳，可就連他也愈來愈疏離小花，有時即便回到家，阿威也不會跟小花說話。

小花記得娟蘭的告誡，不斷告訴自己無論阿威表現得怎樣，他都是那個曾說要照顧她的哥哥，親人之愛仍然存在，只是難以看見。

小花一遍又一遍告訴自己。

直到謠言四起，不知是誰捏造小花是紅衣小女孩的傳聞，在全校傳開，這下子不僅僅是同班同學，學校裡每個人都厭惡小花。

跳高遊戲隨之而起，加上幾次在遊戲中受傷的孩子指證歷歷，說他們會受傷與小花脫不了關係，小花無法證明自己的清白，紅色的布伺機而動，經常趁著娟蘭不注意偷偷對小花說話。

致使娟蘭更加疲於奔命，她需要暫時離開小花去追尋同學受傷的真相，可是一旦離開，小花就會被紅色的布蠱惑，精神狀態愈來愈差。

終於有一天，柳琳欣對小花提出了比賽跳高的邀請，小花在眾人的慫恿下同意了。

當小花站在高處，風呼呼地吹，娟蘭哭喪著臉在小花身邊緊張地繞圈。

「不行啊！不要放棄希望！不要聽那東西的聲音！」

「可是……可是……」對於小花來說，娟蘭的聲音此時非常的細小，甚至不比紅色的布、或者底下鼓勵她跳下去的同學們聲音更大，她幾乎聽不見娟蘭的懇求，而紅色的布聲音聽起來好像哥哥，哥哥正在說：「滾！妳給我滾！」那聲音與底下的人們混合在一起，小花腿一軟，就這麼掉了下去。

娟蘭知道再也沒有挽回的可能，因為摔落在地面，跌斷一條腿的小花，那張臉已經不是原本的臉。

紅色的布吞噬她的臉孔，她的身體和心靈，至於真正的小花則陷入沉睡之中。

風呼呼地吹，珠珠將汽車車窗搖開，讓外部的空氣進來，隨著黎明降臨，氣溫逐漸升高，但呼嘯而過的狂風仍帶著清晨的涼意。

娟蘭小姐想起阿威曾在夢裡詢問她紅色的布到底是什麼？

很難解釋，紅色的布原本只是紅色的東西，紅色東西是輿論，是耳語，是惡意，是那些說娟蘭剋死父母又剋死未來丈夫的人心，紅色東西存在很久了，每一次它都會尋找最適合的宿主，伺機成為力量強大的鬼物，從過去到現在，它從來沒有成功過，然而隨著網路時代到來，新聞媒體的報導也愈來愈誇張，原本只能躲在深宅大院裡的紅色東西可以透過網路和影音媒體在各地流竄，它變得比以前更龐大，也更懂得如何操控人心。

紅色東西最擅長的就是影響心靈脆弱的人，讓他們猜忌，讓無辜的人死去。

娟蘭小姐在這一刻忽然發覺，或許她的責任不僅僅是守護特別的孩子，她的一生無論生死都與紅色的布綁在一起，彼此互為剋星，她要與那東西戰鬥至最後，哪怕要她魂飛魄散也在所不惜。

這就是娟蘭小姐真正的命運。

「快到了，你們誰幫忙報個警好嗎？」珠珠還在驚魂未定的狀態，偶爾停紅綠燈還會望著自己發抖的手發呆，孩子們看不過去，男生們負責安慰珠珠，喵仔拿出手機報警。

車子愈接近郊區，周遭風景就愈被綠意所覆蓋，更荒涼、更野生，他們逐漸接近大坑風動石公園，很奇怪的，平時這條路經常有遊客行經，停車場更是一位難求，今天卻不知道為什麼，居然一個人也沒有，陰暗雲霾籠罩他們即將前往的地方，隱約像是要有一場暴雨，車子內每個人的心都高高提起。

珠珠把車停好，眾人跟著娟蘭小姐的指示往步道前進，並選擇九號步道，過程中金龍問娟蘭小姐：「妳可以感覺到阿威妹妹在哪嗎？」

「是的。」

金龍沉默一下，突然地轉了話題：「妳怎麼認識我爺爺？」

「他是我很好的朋友。」

「我從來不知道爺爺的朋友裡有女鬼。」

娟蘭小姐露出無奈的表情：「嚴格來說，我不是鬼。」

「爺爺他還好嗎？」金龍的語氣有些失控：「家裡人把他送去安養中心以後，我就離家出走了，沒再見過他，照理來說爺爺也不可能回我訊息，可是他不久前不僅已讀我的Line，還傳自己寫的部落格文章給我，妳之前說是他指引妳找到我們，難道爺爺已經好轉了嗎？」

「小李他的狀況時好時壞，無論如何是不能恢復到原本的樣子了。」

娟蘭小姐同情地說：「他用特別的方法讓我知道你們的事，其實……」

「娟蘭小姐，我們還要走多久？」走在最前方的Tiger忽然轉頭大聲問，他們只得暫停對話。

娟蘭小姐指示阿威走到隊伍最前頭，她閉上眼睛仔細用靈魂的力量去搜索，很快就發現被紅色陰影包圍的小花：「不遠了，小花的腿到現在還是骨折的狀態，根本不能走遠，可是紅色的布操控她的身體，讓她走到現在，小花的腿實際上已經撐不住了，如果不趕快救她，那條腿怕是保不住……」

「那我們快點吧！」阿威正準備用跑的，卻被娟蘭小姐制止。

「等一下，在見到紅色的布以前，我們必須想好對策。」娟蘭小姐深思地說。

「什麼樣的對策呢？」喵仔在一旁問道。

「那個……等等警察應該就到了，我們不需要思考什麼對策吧？然後，為什麼這個投影的女孩明明只是導航ＡＩ，你們還都這麼聽她的話呢？」珠珠環抱著雙臂，看起來疑惑又驚恐。

「因為她具備角色扮演的設定，思考對策只是角色扮演的遊戲內容而已。」金龍再度不假思索地撒謊。

「這樣啊……可是你們不是有同伴被壞人綁架，還這麼悠哉地跟AI玩遊戲真的好嗎？」

「珠珠姐，別擔心，我們很快就要找到被抓走的朋友了。」眼看理由愈來愈牽強，喵仔趕緊轉移她的注意力。

「對，只要再討論一下對策。」Tiger精神飽滿地說。

「所以我就說為什麼需要討論對策嘛。」珠珠總覺得自己攤上了大事，根本不曉得為什麼會被牽扯進來，但現在後悔也來不及了。其他孩子則聚在一起討論，不再理會珠珠。

「見到小花以後，必須想辦法喚回小花的神智，這樣一來紅色的布就會自動脫離她的身體，那時候，我會窮盡所有的力量擋開小花與那東西。」娟蘭小姐首先說：「但第一步最為困難，小花目前等於在肉體中沉睡，我們從外面喊她她是聽不見的。」

「那要怎麼辦才好？」阿威摀著臉，表情愈發痛苦。

「還記得我將你喚進夢中？」娟蘭小姐試圖讓語氣輕鬆一些，或者至少充滿希望：「我可以造一個夢讓你和小花在其中相會，在我們那麼做的同時，必須要有一個誘餌在外吸引紅色布的注意，它才不會發現小花跟阿威正在夢中。」

「我可以當誘餌！」Tiger立刻毛遂自薦：「我身上還有帶電的打鬼武器，它傷不了我。」

「很遺憾，但那東西喜歡女孩子，還有紅色的物品。」娟蘭小姐的目光指向喵仔：「小花雖然是完美的容器，卻在跳高遊戲裡摔斷了腿，這多少讓紅色的布不滿意，如果這時候有一個完好的女孩子出現在它面前，它會短暫地受到吸引。」

「這樣喵仔不是很危險嗎？」Tiger有些反對：「這邊還有珠珠姐也是女生呢，又是個大人，用她比較安心吧？」

「可不可以不要提到我？」珠珠忍不住埋怨：「而且我只是答應開車

載你們來，現在聽上去是還要當祭品？」

「不是祭品啦，吼，算了，不然我可以男扮女裝啊。」Tiger抓了抓腦袋，指甲縫裡都是汙垢，娟蘭小姐看了直搖頭：「你這樣還想當女生？又髒又臭，你以為紅色的布分辨不出來？至於大人也不行，那東西只喜歡年紀輕的小女孩。」

「我……我年紀太老？」珠珠聽了又大受打擊，扶著一旁的樹木緩緩跌坐在地。

「總之紅色的布能夠區分人類的心靈，一看就知道是不是它想要的，擁有純粹心靈的小女孩是它的最愛，喵仔是最佳人選，不過它更偏好像小花那樣的特殊孩子，所以喵仔大概只能引誘紅色的布一下下，當喵仔吸引到它，估計會直接撲向喵仔，這時候Tiger手上有能夠傷害到鬼的機器，甚至也有可以設置結界的儀器，把那些布置好，就能暫時壓制它，為我們爭取時間。」娟蘭小姐解釋著：「只要有辦法在夢中喚醒小花，小花就能跟紅色的布爭奪身體的掌控權，這個部分就要看小花的了，一旦她成功，紅色的布就會立刻被驅除出來，此時的它最為虛弱，我可以和它一戰。」

聽到這裡，金龍不禁打斷她：「妳要跟它戰鬥？」

「沒錯。」娟蘭小姐挺起胸膛，眼神堅定：「這是唯一的機會，一般時候它比我強，又奸詐，我很難捉得到它，可是在它剛被驅逐出去的時刻，它的形體還存在，又虛弱，我可以抓住它……」

「然後呢？」

「我會一直抓著它。」她強調。

其他人意識到娟蘭小姐指的是**永遠**，永遠抓著那塊紅色的布，不讓它逃跑，可是這要怎麼辦到？而且這將是多麼的漫長啊？他們不敢想像。

「別在意，時間對我來說只是一個平面。」娟蘭小姐道：「我的時間老早就停止了，在停止的時間裡緊握一塊布，就好像一瞬間那樣輕而易舉。」

「但妳說是永遠。」喵仔小聲說。

「我這樣的人，永遠跟剎那……有什麼差別？」娟蘭小姐的聲音浮現一絲冷靜的憂傷，很快就消失不見。「走吧，小花就在不遠的地方。」

他們又走了好一會，天空開始隆隆的打雷，隨即下起大雨，龍虎貓小隊向來在背包中備有雨具，便將多的雨傘和雨衣分給阿威和珠珠。

由於雨勢愈來愈大，眼前道路變得模糊不清，娟蘭小姐提醒大家小心腳步，隊伍行進的速度也慢了下來，過了幾分鐘，珠珠突然大叫一聲。

「啊！我的腳……」

「怎麼了？」其他人趕緊停下，金龍用手電筒往珠珠的方向照去，看見她跌坐在地上，腳踝似乎扭傷了。

「只能先休息等警察上來了。」珠珠這麼說，阿威卻激動地喊：「不行！我妹妹就在不遠的地方，我們不能停下來！」

「不然誰留下陪珠珠姐吧？」喵仔建議，可珠珠卻搖了搖頭：「沒關係，我是大人，比你們大好多呢，如果你們的朋友真的被壞人帶走了，一定要趕快過去救她才行。」

「珠珠姐……」

「話說回來，你們的朋友就是她嗎？」珠珠伸出食指，所指之處越過滂沱大雨，眾人的視線也跟著轉移，他們看見步道轉角處有一張慘白微笑的臉孔，那張臉圓圓胖胖，詭譎地像是從兩側樹木中長出的果實，可那是一張人的臉，臉被雨水打溼，黑髮如水草般裹著人臉。

對於阿威來說，那張臉十分眼熟，又有一股說不出的陌生。

那是小花的臉。

臉在微笑，嘴巴隨笑容咧開，愈咧愈大，直到橫越大半張臉，那張嘴鮮紅鮮紅，布滿非人的獠牙，珠珠在目睹眼前的畫面後「咕咚」一聲暈倒在地。

「喂！你們可別跟著暈啊！」金龍在此時吼道：「保持冷靜！別倒下去，要是倒錯方向就會摔下去死掉了！沒人可以救你！」

其他人聞言精神一振，可是小花扭曲的表情依然震懾著他們，尤其是阿威，他的內心被恐懼與憤怒充斥，簡直不知道哪一種情感更多一些，這是他第一次見到傷害小花的怪物，它用小花的臉做出這種噁心的表情，用小花受傷的腿走到這麼遙遠的地方。

那傢伙根本不在乎小花的安危，它只想作惡，危害整個世界。阿威暗想。

「阿威，準備了。」娟蘭小姐漂浮在半空中，投影機投射出的光束成為此刻最大的光源，也讓娟蘭小姐看起來無比鮮活生動，她低聲道：「我會先進入你的夢，從你的夢嘗試跟小花連結，這是只有你才能做到的事，先提醒你，被紅色布控制的孩子夢境都殘酷又邪惡，一旦進入小花的夢，你一定要保持希望，不要被裡面的氛圍影響。」

「好。」

「喵仔！」娟蘭小姐喊出藏匿於眾人後方的喵仔名字，她立刻從空隙中竄出來，動作優雅靈巧。

乍看見喵仔，小花體內的那東西似乎遲疑了一下，它微微闔起嘴，鮮紅的舌尖美味似的舔過獠牙，喵仔忍不住哆嗦，同時往後退了一步。

「開始吧。」娟蘭小姐喝令，正當阿威胸口浮現當時作夢感覺到的劇烈刺痛，即將失去意識，面前的小花卻突然轉開原本朝向喵仔的視線，直接往阿威的方向撲去。

「糟糕！它居然沒有被吸引。」娟蘭小姐想要擋住攻擊，由光組成的身體硬生生穿透小花，完全無法造成任何影響，小花以非人的速度湊向阿威，受傷的腿也扭曲成不自然的角度，讓阿威又心痛又恐懼。

「不要再傷害她了！」阿威大喊：「有種衝著我來！不要用她的身體！」

那東西毫不理會，反而揚起病態的笑容，陰冷的話語並不透過聲音，而是直接傳到了阿威內心：「到底是誰在傷害她？是我還是你？是我還是你——」

彷彿被這句話賞了一巴掌般，阿威停下阻擋小花撕咬的手，眼看著銳利的獠牙就要覆上阿威的咽喉，喵仔猛然大叫：「快看！是你最喜歡的紅色喔！」

小花的脖子以詭異的角度扭向一側，喵仔不知何時用刀片割傷手掌，讓鮮血沿著手臂汩汩往下流，那深色艷麗的紅立刻勾住怪物的注意，它咧開嘴伸出舌頭，舌頭愈伸愈長，急切地想舔舐喵仔手上的血液。

就在此時，小花的身體倏地被無形的力量壓倒在地，某種強力屏障轟然降下，限制住小花體內的怪物，連帶小花也只能翻著白眼，宛如癲癇發作般面朝下在地上簌簌發顫。

從方才就合作無間地設置了所有捉鬼儀器的Tiger與金龍從暗處現身，頗有默契地擊了下掌，Tiger欣慰地說：「想不到花大錢買的這些東西真的有用。」

「不然呢？」金龍挑眉：「不過操作太複雜，差點就趕不上了。」

喵仔佇立原地已經嚇得發抖，剛才那東西差點就碰到自己，加上失血，喵仔付出了比過去更多的勇氣，現在已經有些支撐不住了，Tiger趕忙上去攙扶她：「喵仔真是超厲害的！居然直接喊它過去找妳，不愧是我在龍虎貓小隊裡最得力的隊員。」

喵仔瞪了他一眼，此時她與Tiger、金龍都站在精心計算出的安全位置，娟蘭小姐查看小花的狀況，確定她體內的東西完全被控制住以後，立即運用力量讓阿威陷入沉睡。

「接下來這邊就交給你們了。」娟蘭小姐說完，立即消失無蹤。

龍虎貓小隊在大雨中握緊彼此的手，同時不斷發抖，視線始終不敢從地上癱倒的小花身軀移開。

「哈，想不到……我們真的找到了鬼怪。」良久，Tiger率先開口。

「嘿嘿，沒有我想像的恐怖呢。」喵仔強撐著微笑道。

金龍沒說什麼，他只是想著爺爺，如果按照娟蘭小姐的說法，阿威會找到他們完全是爺爺在背後推動，這也意味著爺爺始終在留心自己，僅僅是這樣……金龍已經非常開心。

「等著吧，我會找到最棒的故事，回去說給您聽！」

第十章　魔花

阿威再次置身於黑暗中，他往前走，沒走多久，便來到熟悉的大馬路，馬路旁累積排隊人潮的老舊建物，是父母逐漸做出口碑的小吃店，儘管客人絡繹不絕，一位難求，爸爸媽媽還是將最角落的桌椅保留給阿威和小花，讓他們放學回家可以有地方寫作業。

阿威熟門熟路地走進小吃店，發現爸爸媽媽兀自忙碌著，彷彿沒有注意到自己，周遭的客人也爭相點餐，沒有留意阿威的到來。

他出奇流暢地穿越人群，來到有天光灑落的角落桌椅，在那兒，小花穿著失蹤前一身大紅色洋裝，正趴在攤開的作業簿上沉睡著。

阿威看不見小花的臉，他伸手輕撫小花的頭髮，呼喚道：「小花，是我……醒醒。」

他撥弄小花的頭髮，隨著他的動作，小花的頭突然歪向一旁，隨即與身體分離，就這麼滾落到地上去。

阿威壓抑住一聲尖叫，看著小花的頭在地上滾啊滾，而小花的身體依然維持趴睡的姿勢，頭顱從頭部脫落處出現一個巨大的黑洞，占據了小花脖子的斷面，黑洞裡伸出一隻慘白小手，對阿威招呼著。

阿威想到娟蘭小姐在入夢前的指示，決心不管遭遇到如何恐怖的事情，都絕不退縮，因此面對一隻小手的邀請，阿威毫不猶豫地握住，此時從黑洞內部產生奇怪的吸力，有什麼東西緊緊吸附著阿威的手，眼看就要從洞裡爬出來。

一隻手、兩隻手，然後是另一顆頭，面容姣好的少女從黑洞中硬生生被擠出來，她是柳琳欣。

「怎麼是妳？」阿威不敢置信地問。

「就是我啊，哥哥，你認不出小花嗎？」柳琳欣笑嘻嘻地道，語調透露出單純與溫柔，那是小花的聲音。「琳欣長得好漂亮，如果可以，小花想成為她，成為琳欣，小花也會有很多很多朋友。」

「就算不用柳琳欣的樣子，妳也會有很多朋友。」阿威說著謊言，面前披著柳琳欣外皮的小花看起來好快樂，他不知道該怎麼按照娟蘭小姐的指示喚醒小花。

「哥哥不用再騙我了，紅色的朋友已經跟我說囉，只要我把身體借給它，等它用完了，小花就可以變成琳欣的樣子，哥哥你再也不用對我說謊。」

阿威看著眼前充滿違和感的小花，卻只覺得無比心慌：「小花，妳可以……用妳原本的樣子嗎？妳還能變回去嗎？」

小花愣了一下，嘴唇微微顫抖：「哥哥想要我變回去？為什麼？」

「因為……」

「因為你才可以拋棄小花，把小花丟掉嗎？」那張屬於柳琳欣的臉孔突然無比猙獰，另一張臉在扭曲的五官底下掙動，外面那層柳琳欣的臉皮漸漸被撐破，露出原本的臉：「可是已經來不及了！小花的臉已經死掉了！以前的臉也不能用囉！」

小花的臉徐徐露了出來，那張臉不像小花平時的模樣，圓圓胖胖總是帶著微笑，雙頰泛著快樂的紅暈，阿威眼前的小花面孔，慘白死灰，臉部如泡水的死屍般浮腫，一雙曾經明亮的黑色眼睛，如今也覆蓋著一層白翳，最可怕的是，那張臉帶著笑容，在極近的距離下咧開嘴，露出密密麻麻尖銳的利齒。

「小、小花！妳怎麼變成這樣？」

「它說小花已經死掉了，死掉的人就是這種臉。」小花張開嘴湊近阿威，雙手擁抱住他，彷彿在回味過往的兄妹親情：「小花再也回不去原本的樣子，再也不能了……」

阿威按捺著想將小花推開的衝動，只覺得又駭異又悲痛，小花真的早就已經死了嗎？再也不能拯救她了？

小花覆蓋白翳的雙眼無神地凝視阿威，阿威鼓起勇氣與她相望，竟發現小花正在流淚。

「我不會再離開妳了。」阿威衝口而出：「小花，之前都是我的錯，是我太懦弱了，不管妳變成什麼樣子，妳永遠都是我的妹妹。」

他也回抱住小花，儘管懷中小花的身體寒冷冰涼，就像屍體一般，阿威仍然緊緊擁抱她。

「真的嗎？」阿威耳邊傳來小花輕聲細語地詢問。

他點了點頭，隨即從左肩上傳來可怕的劇痛，小花的聲音從左邊傳來：

「那就給我吃你的肉！」

小花咧嘴笑的臉離開阿威，尖尖的牙齒間啣著一小塊淌血的肉，阿威頓時感到難以呼吸，他太害怕也太驚恐了，左肩上的傷口迅速流淌出溫熱的液體。

我會死在這裡嗎？阿威想，試圖伸手按住肩上的傷口，但實在是太痛了，他只能遏止自己不要就這麼昏厥過去。

『阿威！』此時從胸口傳來針尖般細微的痛楚，痛楚蘊含娟蘭小姐的呼喚聲：『阿威！快醒醒！計畫失敗了！魔花即將成形！』

阿威眨著眼，嘗試了一次、兩次，終於在第三次時他真正張開了眼睛。

他又回到了風動石公園九號步道，他的左邊肩膀依然疼痛不已，他頭上戴著的鬼魂投影機投射出娟蘭小姐憂心忡忡的樣貌：「你還好嗎？你的肩膀突然開始流血，我不知道為什麼……」

「是那傢伙……」阿威掙扎著說：「那東西知道我們要利用夢境，它一直跟小花結合在一起，我沒辦法直接跟小花對話。」

「沒辦法了，它準備要成花了。」娟蘭小姐示意阿威抬頭，風雨飄搖間，龍虎貓小隊仍舊艱困地守著一堆能夠製造出屏障的儀器，但原本被壓制在地的小花已經重新站起身來，在她身邊，有無數猩紅的影子瘋狂搖曳，此時此刻，小花就像置身於一朵巨大妖嬈的大紅花，深紅色的花瓣隨風飄動，而小花身處花心，背對著阿威和娟蘭小姐。

從龍虎貓小隊的角度望去，他們首當其衝那一股凶狠的惡意，他們知

道阿威失敗了，金龍看了看正把喵仔護在身後的Tiger，心想還有什麼辦法可以阻止這一切。

「叮咚。」他的Line響了，金龍下意識望向手機屏幕，看見爺爺的訊息。

『仔細看那孩子的臉。』訊息只有這麼一行，金龍鼓起勇氣望向面對著他們的小花，卻驚訝地發現原本她如同鬼物般的臉，此時只是一個小女孩驚慌失措的樣子。

「喂！」金龍對遠處的阿威吼道：「她——醒——了！」

阿威接看見金龍正隔著風雨大喊著什麼，卻無法確定，娟蘭小姐瞇起眼看了一會，露出狂喜的表情：「阿威，從金龍那裡可以看見小花的臉，如果沒弄錯的話，她應該是醒了。」

「醒了？可是為什麼？」阿威茫然問。

「有可能魔花成形需要太多力氣，那東西暫時無法控制小花，但也沒有時間了，一旦魔花盛開，小花的意識會再度陷入沉睡。」

「那接下來要怎麼辦？」

「如果有什麼辦法讓小花集中注意力就好了……」娟蘭小姐喃喃地道：「現在是喚回小花神志的最佳時機，可是她忽然醒來，大概會先被嚇壞，到時候意識還是一團混亂。」

兩人還沒想到解決方法，小花突然轉過身來，啜泣著朝阿威伸出無助的雙手：「哥？哥哥我怎麼會這樣？我的腳好痛……我怎麼會在這裡？」

阿威心疼得快要哭出來，可是想到小花如此痛苦，他只能忍住淚水，低聲問娟蘭小姐：「只要讓她集中注意力就好嗎？」

「嗯，讓她專注在某個回憶，或者某個物品上，如此一來那東西會短暫地與她分開，我可以趁機抓住那東西。」

阿威從地上緩緩站起身，他的肩膀還在流血，小花看見阿威朝自己走來，她卻無法往前邁進，這才發現事情並不對勁。

為什麼哥哥流著血，而她嘴裡還殘留有生肉的觸感？

為什麼娟蘭要用那種凌厲的眼神望著自己？

小花腦海中緩緩閃過這些日子以來的記憶，甚至連她被紅色的布控制住，拖著斷腿逃離醫院的情景都歷歷在目，所以她已經不是人類了？她已經被紅色的布占據身心？

小花吸著鼻子難以相信，她努力抬高雙手，發現手上沾滿血跡，再也不能承受這一切，她放聲大哭。

「別怕，小花，看著我。」阿威柔聲說。

「不要靠近我！」

「小花。」阿威忍著疼痛，往前一步：「不要想別的，只要看著我。」

可是小花似乎沒辦法專心，她不斷東張西望，有時還像在傾聽來自他處的聲音。

「哥哥是想把我殺掉吧？」小花歇斯底里地說：「想把小花殺掉，就會比較輕鬆。」

「不是的。」阿威哽咽：「不是的。」

「不要再往前。」小花尖叫：「它不喜歡！它說你是假的，你不是真的哥哥，小花真正的哥哥會教小花功課，耐心又溫柔，你……你只想要小花消失！」

「我不想要小花消失，我想要保護妳，可是我太弱了，什麼也辦不到。」阿威再往前一步：「是我的錯，是我太懦弱，我只想著要維持住那可笑的自尊心，如果我是一個更好的人，我一定可以讓妳不受傷害。」

「可是，小花已經受傷了。」

「我知道。」阿威勉強露出笑容：「如果我救不了妳，小花，我會陪妳一起死。」

不知不覺，阿威已經走入魔花的花心，他沒有擁抱小花，而是低頭與妹妹對視。

「小花不想要哥哥死。」在接觸到哥哥視線的瞬間，小花痛哭失聲：「小花不想要！」

「那就聽我的。」阿威試圖忽視從肩膀傳來的陣陣痛楚，對小花悄聲道：「很難受吧？那東西想要搶走妳的身體……沒關係，不要擔心，讓我幫妳，小花……妳還記得我們曾經玩過的遊戲嗎？」

「遊、遊戲？」小花愣愣地問。

「大人都說妳太笨了怎麼可能會玩，直到我們當場玩給他們看，記得他們有多驚訝嗎？我一直就知道，只要小花認真起來，什麼都難不倒妳。」阿威艱難地笑著唸出第一句：「小花的餅乾藏在餅乾盒裡。」同時伸出了手，無聲要求小花立刻加入難度更高的手部動作。

小花皺起了眉頭，開始全心全意專注遊戲：「不是我。」

「就是妳。」

「不可能。」

「那是誰？」

『嘻嘻。』說也奇怪，當小花加入遊戲以後，一個形似小花的紅色人影微微從小花身上分離出來，同時也與他們玩起了遊戲，紅色的手掌與小花、阿威的手掌一同拍擊。

「阿威的餅乾藏在餅乾盒裡。」小花說。

「不是我。」

「就是你。」

「不可能。」

「那是誰？」

「紅色的餅乾藏在餅乾盒裡。」阿威說著，無人回覆，那紅色的人影露出一瞬間的困惑，隨即醒悟它和小花竟已分開，以至於它沒辦法說出任何回應。

它想重新籠罩小花的身體，娟蘭小姐猛然飛向它，大喊：「這次你別想逃！」

紅色人影向下飛竄，快速撲向龍虎貓小隊。

「啊啊啊！」喵仔發出尖叫，而金龍伸出手臂阻擋，Tiger卻突然跳出來叫了聲：「啊達！」他手上拿著能夠放出強力電擊的機器猛力一揮，那東西就這樣被打往反方向。

娟蘭小姐緊追在後，由於速度太快，她的身體化為白色殘影，與紅色陰影在暴雨裡穿梭、彼此追擊。

「叮咚」金龍的手機再次響起，與此同時，巨大的、依然圍繞著小花的紅色魔花鼓動著花心，金色如夢的粉塵從花中徐徐飄出，混在瘋狂墜落的豆大雨珠中，宛如另一種雨。

首先沾染到花粉的是阿威，他眼前浮現小花跌落地面的畫面，腿彎曲成不正常的角度，鮮血緩慢在她身下擴散。

隨後小花也吸進了花粉，她回到人來人往的教室外走廊，她大喊哥哥的名字，阿威卻衝出教室朝她怒吼：「妳給我滾！」

緊接著Tiger和喵仔也吸入花粉，花粉讓Tiger獨自在無人的豪宅裡遊蕩，他家很有錢，可是爸爸媽媽老是不在家，他開始沉迷看恐怖電影、恐怖小說，甚至是恐怖遊戲，他不怎麼常洗澡，反正也沒人會管他。自從Tiger某天看一個網路影片說鬼魂無處不在，他突然覺得很開心，原來偌大的家裡從來不是只有他一個，他一點也不寂寞，為了尋找……不，抓捕一個真正的鬼，Tiger開始忘情地收集國外捉鬼機器，甚至還創立了「尋鬼迷蹤」網站……

至於喵仔，她看見床底下的骷髏變成真的，爬出來要追她，她趕緊跑下樓去找爸爸媽媽，可是他們嘲笑她，還說：「鬼才不存在呢。」骷髏喀達喀達地爬下樓，眼看著就要追上來了，她的父母還在哄堂大笑。

娟蘭小姐看著每個人在吸入花粉後深陷幻象，急得大聲叫喊：「不要相信你看見的東西！那都是花粉造成的錯覺！」可是沒有人聽她的。

除了金龍，他也吸入了花粉，但花粉意外地沒有對他造成傷害。

「我照顧他們，妳快點抓住紅色的布。」金龍一說，娟蘭小姐便再次飛向四處亂竄的紅色陰影，然而不論她耗費多少力氣，那東西彷彿戲弄般引她追趕，它倏地停在山壁上，在娟蘭小姐衝上前時「噗」地一聲散開，紅色陰影成為另一朵大紅花，紅花收攏花瓣纏繞住她，那些花瓣不知怎地帶著強烈的邪惡氣息，如同毒物般蠶食娟蘭小姐的靈魂，她痛苦呻吟，紅色花瓣扭曲如當時從她居住的柴房外燃起的火焰，那時她痛不欲生，紅色的布趁隙對她耳語，可她絲毫不接受。

娟蘭小姐只是哼著歌，將手上的喜袍一針一線縫製。

「世上的命運哪有多不同，故事不斷傳唱，任愛恨隨時間流……」

意識矇矓間，娟蘭小姐再次輕輕哼唱，不知從山谷的什麼地方，居然漸漸傳出合聲，那聲音讓她如此懷念，如此歉疚。

「啊！是紅衣小女孩！」Tiger的聲音劃破空氣，娟蘭小姐勉強睜開眼，發現原本陷入幻覺的人都醒了，他們震驚的視線全部匯往——娟蘭發出一聲帶笑的啜泣，那竟然是她！

可以說，「她」就是身處台灣的每個人所認定的，真正的紅衣小女孩，她曾經出現在家族旅遊的影片裡，她穿著紅衣紅褲，走在隊伍的最末端。但只有娟蘭小姐曉得她真正的身分——一個如她與小花那樣的孩子，她所守護的第一個孩子，最終與紅色的布在這兒同歸於盡。

妳的魂魄始終沒有離開這裡嗎？娟蘭小姐張開口想問。

然而那孩子似乎並不在意，此時只在乎那緊纏著娟蘭小姐張牙舞爪的紅色陰影，而紅色陰影與那孩子之間彷彿擁有特殊的引力，那孩子張開雙臂，紅色陰影便發出痛苦的咆哮，跌跌撞撞從山壁墜落，極力抗拒卻又不得不急不可耐地爬向她，隨即兩者合二為一，娟蘭小姐看見那孩子與過去並無二致的笑容，她沒有任何改變的說「謝謝」的嘴型，然後它們再次糾纏著從步道墜入山谷。

娟蘭小姐幾乎不能相信那孩子的魂魄居然重覆了悲劇，這對一個死去的靈魂來說該是多麼痛苦的事情……她猷然凝視那孩子消失的懸崖。

「娟蘭小姐！」喵仔的呼喊讓她回過神來，與自己爭鬥的紅色陰影已經消失，但魔花還在茁長。

「怎麼會這樣？」阿威抱著小花喃喃自語。

Tiger和喵仔也依偎在一起，恐懼地凝望愈發壯大的魔花。

「爺爺說，這是剩下的東西。」狂風暴雨中，唯有金龍的聲音冷靜清晰。

「什麼是剩下的東西？」娟蘭小姐愣愣地問。

「那些來自其他人的想像與惡意。」金龍一面說一面抬起手，他的手在發光，仔細一看才發現是他的手機屏幕正發光，上頭有些數字正瘋狂增加。

說也奇怪，魔花好像害怕著那些數字，隨著數字增加，魔花逐漸縮小，愈來愈小。

花掙扎著、哀嘆著，但組成它的某些東西正急速流失，以至於它不再能維持花的形體，只剩下一個緩慢旋轉的漩渦，漩渦轉速變慢，漸漸匯聚成一個像是小女孩模樣的人影。

「金龍，你做了什麼？」阿威問。

「等等，那個網站！」Tiger 一把搶過金龍的手機，驚喜地望著屏幕裡的畫面：「這是『尋鬼迷蹤』？」

「爺爺說那東西怎麼來就怎麼去，其實等於破壞掉組成那東西的成分，也就是讓那些相信紅衣小女孩的人們看見真相。」金龍解釋：「我把剛才發生的一切全部開直播上傳到『尋鬼迷蹤』網站，目前觀看人次已經超過六十萬人，人數還在不斷增加。」

「可是影片真的拍到紅衣小女孩了啊！難道他們不會更加相信紅衣小女孩存在嗎？」喵仔困惑地問。

「那些讓傳說流轉的人，其實並不真的相信故事是真的，也因此當惡靈本身真正呈現在他們面前，他們反而無法承受。」金龍道：「他們會開始反思自己的所作所為，那些傷害小花的人、說小花是紅衣小女孩的人、用鬼怪的名義驚嚇他人的人、讓傳說淵遠流長的人，一旦發現他們自以為是的玩笑話可以造成多麼巨大的傷害，愧疚與後悔會誕生，洗滌最純粹的惡意。」

阿威看著龍虎貓小隊、娟蘭小姐，最後望向懷中彷彿初醒的妹妹：

「所以小花沒事了？」

娟蘭小姐沒有回答，她的目光始終緊盯魔花消逝後，殘存的一道小女孩似的人影。

她飛向那道人影，此時有另一人跟著走上前去，娟蘭小姐本想阻止對方，卻發現來的人是小花。

「小花……」娟蘭小姐欲言又止，像是想道歉，卻沒有原因。

「用這種機器大家都可以見到娟蘭呢。」小花輕輕地說，她的腿還受著傷，所以只能一瘸一拐地緩慢前行，但她還是拒絕阿威的攙扶，堅持獨自走向那道人影。

「最開始有人說我是紅衣小女孩的時候，」小花背對著娟蘭小姐，彷佛若有所思：「我就想說，我不是。」

「小花當然不是。」娟蘭小姐急切地道。

小花搖了搖頭：「不只這樣，紅衣小女孩從來就不存在。」當小花說出最後一句話，她勇敢地抬起頭與人影對視，那彷彿小女孩模樣的紅色惡意便微微一笑，在一瞬間消失無蹤。

人影消失後，在地上留下一片魔花的花瓣，仔細一看，只是一塊紅色的布，娟蘭小姐撿起紅布，仔細端詳。

「這下子真的結束了吧？」Tiger不安地問。

「還沒有，不過接下來就交給我吧，我會把它帶到另一個世界去。」

然而娟蘭小姐也很清楚，紅色的布有無限的分身，她今天收拾了一塊，明天可能在任何地方還會有一塊，只要有人的地方，就有謠言、有耳語，甚至是最陰險的惡意，這些將織成紅色的布，等待有朝一日，出現新的肉身。

第十一章　我會永遠在你身邊

金龍回想自己吸入魔花的花粉時看見的幻象。

身為文史工作者的爺爺坐在書房裡，對年幼的自己講述他所收集到的故事，那些故事有的跟歷史有關，有的是民間傳說，有的蘊含地方文化，金龍總是聽得津津有味。

「要怎樣才能跟爺爺一樣，找到那麼多故事呢？」金龍興奮地問。

只見爺爺呵呵笑了幾聲：「我的工作可不是只有收集故事，爺爺我啊，主要是進行地方的田野調查，收集與歷史、文化有關的資料，故事是從這些資料裡按照某些事實編造出來的，不完全是真的，如果金龍想找故事，可能要當小說家吧。」

「不要！我就想當跟爺爺一樣的。」幼小的金龍撒著嬌，一個小小的疑問卻同時在他心裡滋長：為什麼故事不能也是真的呢？

「爺爺，如果有一件事情發生，但那實在是太不可能了，只有我找到並且相信這個故事，其他人都不相信，那這也算是『文史工作』嗎？」金龍好奇地問。

「這樣的話，你必須去尋找證據，如果這件事跟歷史有關，就去梳理歷史，如果牽涉到真實人物，就去進行深入訪談，如此一來它的血肉會逐漸豐滿，就不僅僅是一個故事。」

金龍似懂非懂地點了點頭：「那爺爺會教我怎麼做田野調查嗎？」

爺爺看著他，不說話，書房窗戶外陽光照射進來，有金色的塵埃在空中飛舞，一切彷彿停止了，突然地，書房中闖進金龍的爸爸和媽媽。

「連自己兒子都不記得，卻記得這些破爛東西。」金龍的爸爸一面抱怨，一面粗魯地將爺爺書房中的文獻資料、地圖、歷史文物掃進垃圾袋裡。

「爸不是才國小畢業？我跟朋友說他是文史工作者，朋友還問我他在哪間大學當教授，真是不知該怎麼解釋……」金龍的媽媽也無奈地笑道：「金龍倒是很喜歡爺爺。」

「他就是民間學者而已啦！」金龍的爸爸不耐煩地揮手，連帶著讓書櫃上一排書摔落地面。

目睹一切的金龍站起身想阻止，卻發現他根本碰不到爸爸媽媽，而面前靜止不動的爺爺也正逐漸變得透明，彷彿即將消失。

「爺爺！」他緊張地大喊，卻無法阻止爺爺不見。

最後金龍只聽見屬於爺爺的聲音迴盪在空氣裡：「金龍，別擔心，我會永遠在你身邊。」

「可是我再也看不到你了！」金龍哭著、吼著，只希望聲音可以傳達給對方。

「就算看不到我，我也在你身邊。」幻象中，金龍只聽見那最後一句話，就是在這一瞬間，金龍掙脫幻象，因為這個幻象帶給他的不僅僅是絕望，還有希望。

爺爺做的事情很重要，我也要跟爺爺一樣。金龍帶著這樣的想法打開手機，連結到「尋鬼迷蹤」網站，開始了直播。

他回想最喜歡的爺爺被送進安養中心，爸爸媽媽不願讓他去探望爺爺，甚至還把爺爺書房裡的文史資料清掃一空，說以後要把這間房間當成雜物間。

正因如此，反而刺激金龍離家尋找故事，起先他並不知道自己想要尋找怎樣的故事，畢竟如爺爺所說，「故事」並不是完全屬於文史工作的範疇，如果只是想編造故事，他應該去當小說家。

但金龍認為一段故事假如被一群人所相信，譬如從古早流傳下來的軼聞，或者現代裡由許多人反覆討論的傳說，這些或多或少能夠代表屬於他們這一代的集體記憶，對於這種集體記憶的調查，或許便屬於文史工作的一部份，若是這樣，金龍想朝這個方向前進，有一天換他坐在爺爺身邊，為他說故事。

隨著影片觀看人數節節攀升，眼前的魔花愈變愈小，他堅定地想：在那之前，我要人們看見眞實。

金龍躺在床上，思索著這幾天發生的事情，他與Tiger、喵仔離家出走，流浪到卡多里樂園企圖找到真正的鬼，沒想到卻遇見尋找妹妹小花的阿威，並在過程中得知紅衣小女孩的傳說造成的後果，他們為了解開真相拚命查資料，最後利用Tiger的鬼魂投影機投影出娟蘭小姐，娟蘭小姐指引他們前往風動石公園尋找小花，好不容易在下著大雨的九號步道遇上被怪物附身的小花，金龍真覺得那是他這輩子看過最恐怖的景象，小花滿嘴利齒，舌頭又長又紅，移動速度快得異於常人。

他們又耗費了一番功夫才讓小花與紅色的布分離，娟蘭小姐將殘留的紅色布抓在手中，她曾說她會抓緊這塊布直到永遠。

後來發生的事很簡單，警察冒雨順著喵仔的指示找到筋疲力盡的他們，龍虎貓小隊立刻被認出是日前走失的兒童，於是金龍、喵仔和Tiger即便不願意，也先被送到醫院檢查身體、處理傷口，隨後通知各自的家長前來領回。

小花骨折的腿沒有受到良好照顧，下山後立刻與昏迷的珠珠由同一輛救護車送醫。珠珠在醫院很快就醒了，被警察帶去做筆錄，聽說她一直堅持是孩子們把她帶走，但警察們很懷疑，珠珠明明就是大人，到底要怎麼被小孩拐帶，幸好阿威跟龍虎貓小隊作證，才讓珠珠免於嫌疑，那之後，珠珠被便利商店解僱了，可她似乎很開心。

小花則差點面臨截肢，幸好阿威一直陪伴在她身邊，經過搶救後傷腿重新打上石膏，還要再住院一陣子。

至於娟蘭小姐……由於鬼魂投影機後來沒電了，娟蘭小姐消失無蹤，古怪的是，就算 Tiger 重新裝好電池，娟蘭小姐也沒有再出現。

「叮咚」

金龍坐起身，滿懷希望地查看手機，發現是阿威傳訊息確認下午碰面的地點，他露出小小的微笑，很快開始回覆訊息。

「叮咚！」

阿威拿出手機，本以為是金龍傳來地點資訊，結果是來自Tiger的莫名其妙簡訊，說什麼正式將他收為龍虎貓小隊的一員，他可以選擇一種動物加入隊伍名稱，譬如龍虎貓豬小隊。

阿威笑了笑，放下手機，低頭凝視病床上睡著的妹妹，經歷了所有恐怖、悲傷的事情，小花的睡容依然和煦寧靜，她心底的傷獲得治癒了嗎？或許沒有，但她重拾了對哥哥的信任，他們幾乎恢復了如同最初的情誼。

幾天前爸爸媽媽在警察的通知下衝到醫院，媽媽一看見阿威就開始哭，爸爸什麼也沒說，本來高高揚起一隻手，像是想打阿威一巴掌，卻在最後一刻憐愛地輕撫他的頭，那時強撐著好久的阿威終於唇角顫抖，緊抱著爸爸媽媽嗚咽。

他們等待小花手術結束，直到小花被推出手術房，她醒來對阿威說的第一句話是：「我不想要哥哥死掉。」

「我不會死的。」阿威笑中帶淚：「我要永遠保護小花。」

小花聽了這才安心地重新睡去。

至於娟蘭小姐，阿威還沒有機會詢問小花是否仍看得見她，不過在小花動完手術的那天晚上，阿威趴在小花的病床邊沉沉入睡，做了一個夢。

他夢見古色古香的大宅子掛起紅燈籠，人們忙進忙出張羅著喜事，是誰要結婚呢？透過貼著「囍」字的木窗，他看見容貌清秀的白衣少女坐在閨房裡一針一線耐心地為喜袍加上最後幾個針腳，喜袍的紅色是如此鮮豔，如此深沉，就像小花身上穿的那件洋裝色調，阿威這才明白，那是紅色的布……

少女一直以來都將他人的惡意言語剪裁成紅色喜袍，穿上身，成為娟蘭小姐，守護特別的孩子們，這便是她的命運。

不過在今晚的夢境，娟蘭小姐擁有另一種命運，她回到她十六歲即將出嫁的夜晚，身穿紅色喜袍，臉上蓋著紅蓋頭，在他人的攙扶下小心翼翼走出房間，踏上紅轎。

這是曾經可能發生的過去？一個平行時空？還是阿威無意間窺視了

娟蘭小姐的夢呢？無論是哪一個，他都不禁有些動容。

「叩叩！」

沉浸在回憶中的阿威抬起頭來，看見護理師和媽媽一起走進病房，他豎起食指做了一個「噓」的手勢。

「阿威，你不是跟朋友有約？」媽媽招手讓他到病房外，同時壓低聲音問：「這裡我會守著，你趕緊去吧。」

「好。」阿威點頭：「小花醒來妳要立刻跟我說喔！」

「知道了。」只見媽媽無奈地笑，捏了捏阿威的臉：「你可真疼妹妹。」

「疼妹妹是理所當然的！」阿威吐了吐舌頭，趕緊在母親囉嗦更多前逃跑。

阿威與龍虎貓小隊約在火車站，準備一起前往金龍爺爺所在的安養中心，阿威剛走進車站大廳，就看見一個男人用童稚的語氣向路人兜售手工餅乾，阿威恰好沒吃早餐，出門匆匆忙忙，也沒帶什麼吃的，於是跟男人買了兩包餅乾，嚐了一塊，不錯！很香很好吃。

阿威買了車票，剛找到座位坐下，突然聽見幾個像是高中生的男女正激烈地討論賣手工餅乾的男人：

「你看那個人，明明是個男的居然穿大紅色，還穿一雙彩虹色球鞋，看起來超奇怪的！」

「那就是智障啊，不要跟他目光對到，之前有人被纏上，不願意買餅乾，他還大哭大鬧呢。」

「也太幼稚了吧？火車站怎麼會讓這種人來賣東西啊？」

「就是啊，感覺很不安全，也不衛生。」

阿威聽到最後忍無可忍，站起來嚴肅地對面前的哥哥姐姐大聲說道：

「只有特別的孩子才會穿那種鮮豔顏色的衣服，因為他的爸爸媽媽總是給他們買這種衣服，一方面是父母習慣這樣打扮小孩，不管他們長得多大，對父母來說都是孩子。另一方面則是，如果他們失蹤不見了，穿鮮豔衣服也比較容易被找到，這樣你們懂了嗎？有時候不只是小孩，老人也會穿鮮豔的衣服，就像我們現在準備要去見的一些人，他們也是穿這種衣服喔，你們哪一天，或許也會穿上這種紅衣服。」

「我們才不會呢！」那群高中生慌慌張張地跑遠：「你是誰啊？幹嘛講這些，神經病！」

阿威輕輕哼了一聲，坐回位子上，一隻手倏地拍上他的左邊肩膀。

「唉呦！」傷口還沒完全復原，阿威痛呼一聲，立即收穫了身後Tiger的道歉。

「抱歉抱歉，忘了你左肩受傷。」Tiger搔了搔耳後，指甲刮出一大坨汙垢出來：「不過你真有正義感啊，那些人都被你趕跑了。」

阿威揉了揉傷處四周，回答：「我只是實話實說。」

「哇，你們好早到喔！」喵仔蹦蹦跳跳地從門口跑來，她的身軀還是那麼嬌小，表情像貓。

「金龍會在安養中心等我們對嗎？」阿威說：「都到齊了，走吧。」

三人一同坐上區間車，旅途中還互相聊著這陣子發生的事情，Tiger

說自從金龍把直播放在「尋鬼迷蹤」，現在變成熱門網站，他每天要接洽的廣告有上百家，廣告收益讓他賺了不少錢，也如願成為Youtuber，只是他後來上傳的廢墟探險影片都不如金龍上傳的那支出名，目前只有幾百人看過而已。

「唉呀呀，來日方長啦。」Tiger很樂觀。

至於喵仔，她的父母也看了那支影片，差點嚇死，現在比喵仔還要怕鬼，每天都拖著棉被枕頭說要跟喵仔睡，兩個大人把喵仔圍在中間，常常快要把嬌小的喵仔壓扁，不過喵仔也沒抱怨，甚至覺得滿幸福的。

「想不到我們都夢想成真了呢，胎哥說想當Youtuber，我想要爸媽相信有鬼。」喵仔不可思議地說。

「但也沒有什麼變化不是嗎？」阿威覺得有點好笑：「我的意思是，胎哥還是很有錢，只是變得更有錢了點，喵仔還是怕鬼，只是連爸爸媽媽都一起怕鬼。」

「吼，不要叫我胎哥啦！」

「嘿嘿，好像也是。」

三人說說笑笑，區間車搖搖晃晃，或停或走，直到在他們的目的地停靠，下了火車走出車站，沒走多遠就看見金龍招手的身影。

「你們滿快的呢。」金龍跑向他們：「之前在Line上面提到新發現的事情，想說大家可以一起來看看……」

「到底要看什麼？」Tiger挖著鼻孔問。

金龍賣了個關子：「你們等等就知道了。」

跟保全打過招呼，金龍領他們走進安養中心，外頭有庭園造景跟停車場，環境清幽舒適，一路上還有幾個老人對金龍說話，看起來金龍對這兒很熟。

「我爸媽後來不管我了，我想什麼時候來探望爺爺都可以。」他聳聳肩解釋。

白色的建築裡有紅磚鋪設的長廊，涼風習習，他們走入一處坐著許多老人家的空間，那兒的老人們不是在看電視，就是在下棋玩遊戲，有的小步小步沿著牆壁行走，也有的打開收音機在聽老歌，孩子們好奇地東看西看，最終跟著金龍來到一名老先生面前。

「爺爺，這就是我的朋友們，之前跟你提過的。」金龍溫和地說。

老先生沒有什麼反應，過了一會兒才笑著點點頭。

「阿麟啊，你怎麼又變小了？」老先生嘟囔，垂下頭，口水從半張的嘴裡流下。

金龍看起來很平靜：「他得了阿茲海默症，是一種常見的失智症，有時候會把我當成爸爸。」

「怎麼會……之前你不是說他傳Line給你？」Tiger不解地問。

「爺爺的狀況時好時壞，為了幫到我，他那時候很努力，但現在就沒辦法了，醫生說他病情惡化，連大小便都無法自理。」

「好遺憾。」喵仔眼眶紅紅的：「那時候爺爺真的幫我們很多，沒想到居然變成這樣。」

「嗯，不過他傳給我的最後一條訊息，讓我找到一個人，我想或許之後有機會用別的方法，跟爺爺溝通。」金龍神祕兮兮地說。

「什麼人呢？」阿威正開口問，一名女性照護員推著輪椅，送來一位全身用衣物包緊、戴著毛帽的老婆婆，老婆婆看上去已經非常老了，身材也相當瘦削，全身上下只露出臉部的皮膚，眼睛半張，鼻子和嘴巴上都有巨大的燒傷痕跡。

「金龍，你又來啦？」照護員笑嘻嘻地和金龍寒暄：「上次你說要帶朋友來看娟蘭小姐，我跟婆婆說了，她好高興呢。」

「娟蘭小姐？」Tiger、喵仔和阿威都面露震驚。

「這就是爺爺最後的訊息裡提到的。」金龍低聲對他們說，旋即轉向照護員：「可以再跟我的朋友們說說娟蘭小姐的事嗎？」

「當然沒問題。」照護員親切地道：「娟蘭小姐是我們這裡的活菩薩，已經高齡一百多歲了，聽說她從十六歲遭遇火災以後就陷入昏迷，不過在二十年前醒來，說是醒來，神智也不算太清楚。

「婆婆好一陣子都不會說話了，也認不得誰，不過狀態好的時候，她會唱歌，這裡的人都喊她娟蘭小姐。聽說她以前是童養媳，好像有被虐待，所以才會被火燒成這樣，聽前輩說婆婆長年昏迷成了植物人，身邊一直有好心人照料，輾轉多年，最後被送進了我們這裡，是我們中心最高齡的人瑞呦！」

「就是這樣，所以娟蘭小姐其實不是鬼。」金龍再次小聲對大家解釋：「她只是昏迷成了植物人，靈魂一直在世間陪伴與她一樣特殊的孩子，現在則是陪伴著小花。」

「可是這樣也太可憐了吧……」喵仔忍不住顫聲道：「那麼多年都處於昏迷的狀態，就算醒了也神志不清，也沒有人來看過她，這樣不是很可憐嗎？」

「所以我才想以後大家可以多來陪她說話啊。」金龍回答：「而且有胎哥的鬼魂投影機，或許之後可以再讓娟蘭小姐被投影出來，如果我沒猜錯，娟蘭小姐有辦法跟我爺爺溝通，這樣一來，未來我也能通過娟蘭小姐跟爺爺說話了。」

「你這小子想得也太美！」Tiger怒視著他：「之前的鬼魂投影機不知道哪裡出問題，早就壞掉扔了，我得再去訂新的！是說啊，如果你想要我幫忙，至少不要再叫我胎哥吧？」

「哈哈，說的也是。」金龍只花了三秒鐘敷衍Tiger，接著轉向阿威：「還有一件事情，就是紅色的布。」

正在幫老婆婆擦手的照護員聞言抬頭：「咦？你們也知道紅色的布啊？」

孩子們看向照護員，對方被看得有點不好意思。

「我們是知道啦，但大姊姊怎麼也會知道？這是我們很好奇的。」Tiger大而化之地問。

照護員想了想說：「我知道也不奇怪，因為那塊布就在娟蘭小姐手上呀。」

「什麼？」大夥連忙湊上前看老婆婆乾枯、布滿傷疤的手，確實看見隱藏在手心之中有一小塊紅色的布，彷彿畏懼般蜷縮在她手掌的陰影下。

「娟蘭小姐這陣子也不知道怎麼回事，不知從哪裡找到一塊紅手帕，就這麼捏著不肯放手，我們都跟她說帕子髒了，要洗，洗乾淨再還她，她怎樣也不肯放，我們沒辦法，就由著她。」

「原來如此……她真的很努力在實踐自己的諾言呢。」喵仔敬佩地表示。

「要抓著它直到永遠。」阿威也回想起娟蘭小姐的話語：「『永遠跟一瞬間有什麼差別』……對娟蘭小姐來說，或許真的沒有差別。」

他們與金龍的爺爺還有娟蘭小姐又說了好一會兒的話，雖然大多時候是孩子們在說，金龍的爺爺不時穿插毫無關聯的幾句話，而娟蘭小姐安靜地聽，但氣氛相當溫暖，從窗外吹進室內的風也輕柔沁涼，讓人十分舒服。

幾分鐘後，娟蘭小姐的照護員向大家表示婆婆累了，要回房間休息，孩子們向娟蘭小姐道別，Tiger忍不住低聲咕噥：「也不曉得她到底聽不聽得見。」

就在這時，彷彿呼應Tiger的疑問，一個若有似無的歌聲淡淡響起：

「世上的命運哪有多不同，故事不斷傳唱，任愛恨隨時間流……」

娟蘭小姐唱歌了。室內其他人老人紛紛望向輪椅上的老婆婆，照護員笑著說：「看來她今天心情很好喔。」隨即推著她回房間。

「話說回來，我第一次聽到那首歌的時候就有種感覺……」金龍凝視娟蘭小姐的背影，露出微笑。

「什麼？」

「嗯，就是那一點都不像厲鬼會唱的歌。」

「欸？」

「因為那首歌說的是『原諒』，對吧？」阿威緩緩插話。

金龍聽了點點頭。

「世上的命運哪有多不同……說的是認命，故事傳唱，意味著仇恨的消解，愛恨再深沉，也會隨時間離開。」

「啊啊，太深奧了我不懂啦！」Tiger打斷金龍，一把拉過阿威說：

「倒是現在龍虎貓小隊有新成員加入，我們要不要來排練一下新的戰鬥姿勢呀？」

一陣沉默，其他人異口同聲大喊：「不要！」

財團法人
國家文化藝術基金會
National Culture and Arts Foundation
NCAF
本寫作計畫獲國藝會文學類創作補助

國家圖書館出版品預行編目資料

怪談系列 3：紅衣小女孩 / 邱常婷著；駱修思繪 . --
初版 . -- 臺中市：晨星出版有限公司，2024.06

面；　公分 .--（蘋果文庫；123）

ISBN 978-626-320-861-2（平裝）

863.596　　113007239

蘋果文庫 123

怪談系列3
紅衣小女孩

作者｜邱常婷
繪者｜駱修思

填寫線上回函，立刻享有
晨星網路書店 50 元購書金

編輯｜呂曉婕
封面設計｜鐘文君
美術編輯｜黃偵瑜

創辦人｜陳銘民
發行所｜晨星出版有限公司
台中市 407 工業區 30 路 1 號 1 樓
TEL:04-23595820　FAX:04-23550581
http://www.morningstar.com.tw
行政院新聞局局版台業字第 2500 號
法律顧問｜陳思成律師

讀者專線｜ TEL：02-23672044 / 04-23595819#212
傳真專線｜ FAX：02-23635741 / 04-23595493
讀者信箱｜ service@morningstar.com.tw
網路書店｜ http://www.morningstar.com.tw
郵政劃撥｜ 15060393　知己圖書股份有限公司
印刷｜上好印刷股份有限公司

初版日期｜西元 2024 年 06 月 15 日
ISBN ｜ 978-626-320-861-2
定價｜ 250 元